novum ◢ pocket

Elaine Steinhof

Deutschland, nicht einfach!

So begann mein Leben
in Deutschland.

novum pocket

Bibliografische Information
der Deutschen Nationalbibliothek:

Die Deutsche Nationalbibliothek
verzeichnet diese Publikation in der
Deutschen Nationalbibliografie.
Detaillierte bibliografische Daten
sind im Internet über
http://www.d-nb.de abrufbar.

Alle Rechte der Verbreitung, auch
durch Film, Funk und Fernsehen, fotomechanische Wiedergabe, Tonträger, elektronische
Datenträger und auszugsweisen
Nachdruck, sind vorbehalten.

Gedruckt in der Europäischen Union
auf umweltfreundlichem, chlor- und
säurefrei gebleichtem Papier.

© 2023 novum Verlag

ISBN 978-3-903468-20-7
Umschlagfoto:
Noppasin Wongchum I Dreamstime.com
Umschlaggestaltung, Layout & Satz:
novum Verlag
Innenabbildungen: Elaine Steinhof

www.novumverlag.com

Für meine Tochter Sophie, mein kleines Herz.

Inhaltsverzeichnis

Ich träumte von einer anderen Welt 9
Ich griff nach einer großen
Chance in meinem Leben 19
Ich sah die Wolken über Deutschland
und dachte an Kolumbien 28
Ich war Au-pair und fand erste Freunde 36
Ich dachte daran, wie es weitergehen solle 46
Ich stand vor dem Brandenburger
Tor in Berlin 56
Mein Weg führte über ein
Freiwilliges Soziales Jahr 66
Ich feierte Weihnachten in
Berlin und Silvester in Bonn 75
Ich freute mich auf meine Kindergruppe 86
Ich zog in meine erste eigene
Wohnung und wurde Hotelfachfrau 96
Ich hatte neue Ideen und
organisierte meine Hotelkarriere 108
Ich wollte Deutsche werden 117
Ich war jetzt Deutsche. Mein größter
Traum ging in Erfüllung. 125
Ich wohnte mit Tuco und
lernte meinen Freund kennen 128

Ich träumte von einer anderen Welt

Socorro ist meine Geburtsstadt. Sie liegt in der Provinz Santander in Zentralkolumbien. Manuela Beltrán erblickte hier auch das Licht der Welt. Manuela Beltrán war eine der entscheidenden Personen, die die Aufstände gegen die Spanier auslösten. Sie zerriss in Socorro die neue Steuerverordnung von 1781 und lehnte sich so gegen die spanische Herrschaft auf. „La revolución comunera" – die Revolution der Bürger – begann. Socorro wurde zum Geburtsort des Kampfes der Kolumbianer um ihre Unabhängigkeit von Spanien. Heute zerreißt Manuela Beltrán diese Steuerverordnung als Statue neben der Iglesia Santa Barbara in Socorro.

Ich wohnte in der Nähe der Iglesia Santa Barbara im Haus meiner Familie. Das Haus war sehr groß. Es hatte drei Stockwerke, einen Innenhof und eine teilweise überdachte Dachterrasse. Ich wohnte hier mit meiner Mutter, meiner Oma, meiner jüngeren Schwester und meiner schwarzen Katze Tuco. Tuco ging immer nach draußen spazieren und jagte Mäuse und kleine Tauben. Tuco zeigte mir immer, was sie gejagt hatte. Tuco hörte nur auf mich. Ich war ihre Mami.

Meine Mutter war krank und mein Vater kümmerte sich nur um seine Sachen. Mein Vater verließ uns als ich Schulkind war. Er wollte eine andere Familie mit einer anderen Frau gründen. Er dachte nie an unseren Schmerz. Er dachte nie an meinen Schmerz, den ich als seine Tochter spürte als er von uns wegging. Weil meine Mutter sehr krank war, kümmerte sich meine Oma um mich und um meine jüngere Schwester. Meine Oma hatte eine gute Pension, die ausreichte unser Leben zu bezahlen.

Ich hatte nicht viele Möglichkeiten, meine Freizeit zu gestalten. Da ich die älteste Tochter war, musste ich viel im Haushalt helfen. Ich putzte das Haus, ging mit meiner Oma einkaufen und kochte mit ihr zusammen das Mittagessen. Unsere Nachbarn kamen oft zu uns, um mit uns Mittag zu essen. Das regte mich oft auf. Ich hatte das Gefühl, dass ich nicht nur für meine Familie kochte, sondern auch noch für die Nachbarn. Ich wusste, dass sie nur zu uns kamen, weil sie selbst zu faul waren, ihr Mittagessen selbst zu kochen. Aber meine Oma sagte immer, dass es gut sei, wenn die Nachbarn kommen. Einmal war ich so sauer auf die Nachbarn, dass ich ihnen vom Balkon zu rief, dass sie gleich zu meiner Oma gehen sollten, um sich unsere Hausschlüssel abzuholen, dann müsste ich ihnen nicht immer die Haustür öffnen, wenn sie mittags klingelten.

Ich hatte auch keinen Respekt vor der kolumbianischen Polizei, die war sowieso korrupt. In der Schule verteidigte ich immer meine jüngere Schwester wie ein Gorilla, wenn sie geärgert oder belästigt wurde. Dennoch hatte ich oft Streit mit ihr. Meine Schwester musste nie im Haushalt helfen, das empfand ich als sehr ungerecht mir gegenüber. Aber es blieb immer so. Ich hatte ein schwieriges Verhältnis mit meiner Oma, die im Haus das Sagen hatte. Schlimm war auch, dass mich niemand als Kind ernst nahm. Wenn ich etwas sagen wollte, wovon ich träumte, was ich erreichen wollte im Leben oder welche Probleme ich hatte, dann lachten alle über mich. Sie taten so, als ob ich Witze machte. Ich liebte meine schwarze Katze Tuco. Sie war immer bei mir.

In Socorro war es sehr heiß. Die Hitze spürte ich schon am Morgen, wenn ich zu Fuß zur Grundschule ging. Ich musste immer viel laufen. Wir hatten kein Auto. Mein späteres Gymnasium lag am Stadtrand. Ich lief fast durch ganz Socorro, um zum Unterricht zu gehen. Und das, bei 35 Grad Hitze. Ich kam immer an der großen „Basílica Nuestra Señora del Socorro" vorbei. Meine Taufkirche. In dem Park gegenüber verbrachte ich viele Stunden. Die Bäume und Palmen spendeten Schatten, sodass ich und meine Freundinnen die Hitze am Nachmittag gut ertragen konnten. Mein Gymnasium war groß. Ich schloss dort Freundschaften. Viele meiner Freunde und Gefährten stammten aus dieser Zeit. Die Jungen machten oft verrückte Sachen, sodass die Lehrer es nicht einfach hatten, für Ruhe zu sorgen. Einmal zündete ein Junge die Hausaufgaben eines Mädchens im Unterricht an. Das Mädchen schrie, weinte und gab dem Jungen ein paar Backpfeifen. Voll schlimm. Manchmal waren die Schultage schwer zu ertragen und manchmal waren sie auch langweilig. Die Projekte und Aufgaben machten mir aber keine Probleme. Mein großes Problem war die Ungewissheit, wie ich meine Ziele im Leben erreichen könnte, von denen ich träumte.

Wenn ich nach der Schule allein war und alle meine Verpflichtungen im Haushalt erfüllt hatte, legte ich mich auf die Dachterrasse auf einem Handtuch. Ich dachte darüber nach, wie es wohl sein würde, wenn meine Mutter, meine Oma, meine Schwester und ich nicht so viele Schwierigkeiten hätten. Ich sah die Flugzeuge am Himmel. Sie waren sehr klein. Sie flogen Richtung Atlantik oder nach Bogotá. Ich träumte davon, Kolumbien zu verlassen, um mich zu verbessern, um ein besseres Leben zu leben. Ich träumte davon, eine Universität zu besuchen. So eine Universität wie in Cambridge. Ich träumte davon, englisch zu lernen. Ich dachte darüber nach, wie das Leben und wie die Menschen sein würden in den anderen Ländern an der anderen Küste des Atlantiks. Ich träumte, ich wäre im Flugzeug und würde in eine andere Welt fliegen.

Ich fuhr eines Tages im Bus nach Bogotá zu meinem Vater. Er lebte dort in einer großen Eigentumswohnung. Er war Unternehmer. Er hatte ein Busunternehmen. Ich wollte ihm sagen, dass ich für die Arbeiten im Gymnasium ein Laptop bräuchte, weil ich ein gutes Abitur machen wolle. Ich traf ihn. Er sagte ja. Er sagte einfach ja. Ich ging mit ihm am gleichen Tag los, einen Laptop kaufen. Er kaufte mir ein kleines Laptop ohne CD-Fach. Ich war sehr froh darüber. Ich hatte aber noch keinen Plan, wie ich meinem Vater das Geld zurückbezahlen würde. Mein Vater verlangte, dass ich ihm jeden Monat eine Rate zahlen müsse.

Ich fuhr wieder nach Socorro zurück. Der Bus fuhr acht Stunden über die Nationalstraße 45 nach Socorro. In Kolumbien gibt es keine Autobahnen. Es gibt auch keine Eisenbahnen für den Personenverkehr. Die Kolumbianer, die gerade mal so viel Geld hatten, dass sie leben konnten, fuhren deshalb mit dem Bus. Ich kam mit meinem Laptop stolz zu Hause an. Ich war sehr glücklich. Ich dachte nun nach, wie ich das Geld für meinen Vater auftreiben könnte. Ich hatte Angst, dass mein Vater meiner Mutter oder meiner Oma Stress machen würde, wenn ich nicht die Raten bezahlen würde.

Am nächsten Tag ging ich überglücklich mit meinem Laptop in den Unterricht. Am Nachmittag sagte meine Oma, dass sie für 20.000 Pesos im Monat einen Internetzugang gekauft hatte. Meine Oma freute sich, dass mein Vater das erste Mal in seinem Leben etwas für mich getan hatte. Sie wusste nicht, dass ich ihm das Laptop bezahlen musste. Ich hatte es ihr nicht gesagt. Ich hatte jetzt wenigstens für ein paar Stunden am Tag Internet zu Hause. Ich versuchte, im Internet Kontakte mit anderen jungen Menschen aufzubauen. Ich sah mir die andere Welt an der anderen Küste des Atlantiks an.

In Kolumbien lernt man kreativ zu sein, um überleben zu können. Ich kaufte Schokolade, Kuvertüre und andere Leckereien, um kleine Schokoladentäfelchen herzustellen. Unsere Küche wurde meine kleine Konditorei. Diese Schokoladentäfelchen verkaufte ich in der Schule. Die Schüler und auch andere Personen kauften meine Schokoladentäfelchen sehr gerne. Ich hatte Erfolg. Ich verkaufte nicht nur meine Schokoladentäfelchen, das hätte nicht gereicht, um die Raten für den Laptop zu verdienen. Ich putze deshalb auch Häuser von Familien, die sich eine Haushaltshilfe leisten konnten. Ich sparte das Geld und gab es meinem Vater. Ich wünschte mir so sehr, dass mein Vater mir irgendwann einmal sagen würde, dass er mir das Laptop schenken würde aber, das sagte er nie. Ich war immer traurig, dass mein Vater so war, wie er war. Es kam der Tag, an dem ich meinem Vater die letzte Rate gab. Ich war einerseits glücklich und andererseits traurig. Ich wusste, dass sich mein Vater nie ändern würde. Im Bus Richtung Socorro hatte ich Zeit nachzudenken. Das Geld, das ich jetzt verdienen würde, verdiente ich nur noch für mich. Ich schlief im Bus ein und träumte.

Ich machte mein Abitur. Ich bekam sogar das akademische Abitur, das „Bachillerato Académico". In Kolumbien kann man nur mit dem akademischen Abitur studieren. Mein erster großer Erfolg in meinem Leben. Ich hielt meine Abiturukunde in meinen Händen. Leider gab es keine Familienfeier. Meine Mutter lag im Krankenhaus, meine Oma war sehr besorgt. Ich konnte das verstehen. Die Gesundheit meiner Mutter war viel wichtiger. Wir hofften alle, dass es ihr bald wieder besser ging. Wir hatten auch etwas Sorge, denn der Krankenhausaufenthalt war sehr teuer.

Leider konnte ich keine Universität besuchen. Meine Oma sagte eines Tages zu mir, dass sie nur ein Enkelkind unterstützen könne, und das wäre meine Schwester. Ich weinte nur, ich konnte nichts sagen, ich war todtraurig. Ich war sehr unglücklich. Aber ich musste es akzeptieren.

Ich wurde 18 Jahre alt. Ich war jetzt eine junge Frau. Ich überlegte nun, was ich tun sollte. Ich hatte hier in Socorro keine Zukunft, das wusste ich. Ich wollte auch nicht in einen Wettbewerb gegen meine Schwester antreten. Meine Schwester lebte sowieso ein anderes Leben. Sie hatte nie solche Schwierigkeiten wie ich. Wir waren innerlich sehr verschieden.

Ich suchte im Internet nach Möglichkeiten, die ich mit meinem Abitur hätte. Ich entdeckte das Institut SENA in Bogotá. SENA steht für „Servicio Nacional de Aprendizaje". SENA ist ein staatliches Berufsbildungsinstitut. Es bietet Ausbildungen in technische, wirtschaftliche und soziale Bereiche an. Die Ausbildung ist kostenlos. Das war das Zauberwort: kostenlos. Diese Chance auf eine Ausbildung gab mir wieder Kraft. Aber, ich musste nach Bogotá umziehen. Bogotá ist eine große Stadt, dort zu leben ist gar nicht einfach. Die Stadt ist einerseits sehr schön, aber auch gefährlich. Ich musste aber dorthin. Ich beruhigte mich, weil ich in Bogotá Freundinnen hatte, sodass ich nicht allein war. Ich rief meine Freundinnen sofort an. Ich erklärte ihnen, was ich vorhätte und fragte sie, ob ich bei ihnen für vielleicht drei Jahre wohnen könnte. Sie freuten sich auf mich und stimmten zu. Ich konnte es nicht glauben. Ich bot ihnen an, dass ich im Haushalt helfen würde und sagte ihnen auch, dass ich in Bogotá arbeiten gehen würde. Alles schien gut zu laufen.

Ich verabschiedete mich von Tuco, meiner schwarzen Katze. Ich konnte sie nicht nach Bogotá mitnehmen. Sie würde auf den Straßen von Bogotá zugrunde gehen. Tuco sollte ihr Leben in Socorro leben. In Socorro passierte ihr nichts. Das war sehr traurig für mich. Mein Herz tat mir so weh. Ich sagte Tuco, dass ich sie immer besuchen würde. Dieser Abschied tut mir noch heute weh.

Ich kam mit meiner Reisetasche in Bogotá an. Wir feierten am Abend unser Wiedersehen und kochten zusammen. Wir Kolumbianer helfen uns immer gegenseitig. Die menschlichen Beziehungen sind für uns sehr wichtig. Ich schrieb mich am nächsten Tag für die Ausbildung zur Technologin für Marktwirtschaft am Institut SENA ein. Ich suchte auch eine Arbeit, die ich am Nachmittag oder abends beginnen könnte. Eine große Fast-Food-Kette stellte mich ein. Ich hatte Glück. Meine Kolleginnen und der Chef waren auch sehr nett. Die Arbeit machte richtig Spaß, obwohl wir alle viel arbeiten mussten.

Ich stand immer sehr früh auf. Meine Freundin wohnte nicht im Zentrum von Bogotá, sodass ich lange mit Bussen zum Institut fuhr. Eine U-Bahn gab es nicht in Bogotá. Die Busse gehören dem Unternehmen „Transmilenio". Transmilenio ist ein einziges Chaos. Die Schlangen der wartenden Menschen an den Haltestellen sind schrecklich lang. Es warteten mehr als 100 Leute an einer Haltestelle auf einen Bus. Die automatischen Fahrkartenleser sind zum Verrücktwerden langsam. Wenn sie die Fahrkarten nicht lesen können, dann müssen alle warten und warten. Einfach schrecklich. Die Busse sind mehr als voll. Keine Luft zum Atmen. Und jeden Tag dasselbe Chaos.

In Bogotá regiert die Unsicherheit. Ich musste immer auf meine Sachen aufpassen. Ich hatte deshalb nie wertvolle Dinge dabei. Ich trug nur kleine Ohrringe aus Silber, keine Armbanduhr. Ich hatte nur ein kleines Blackberry bei mir, um Nachrichten zu beantworten. Mein Blackberry nutzte ich nie in der Öffentlichkeit, nur im Institut. In Bogotá hatte ich immer Angst, dass ich überfallen würde. Gewalt sah ich in Bogotá jeden Tag.

Meine Freundin wohnte nicht im Zentrum von Bogotá, weil die Wohnungen dort zu teuer waren. Wenn ich abends nach der Arbeit schnell nach Hause wollte, musste ich durch einen Park gehen. Der Park war in einer Gegend, wo sich viele Menschen mit Drogenproblemen aufhielten. Die Straßen waren schrecklich und gefährlich. Ich hatte mir deshalb eine Strategie überlegt, wie ich durch diese Straßen und durch diesen Park sicher kommen könnte. Ich sprach manchmal einen Mann an, der dort immer rumstand. Ich wünschte ihm immer einen guten Tag und gab ihm ab und zu ein paar Pesos. Eines Tages fragte ich ihn, ob er mich für ein paar Pesos durch diese Straßen und durch diesen Park begleiten könne. Er kannte diese Leute und diese Leute kannten ihn. Wenn er ja sagen würde, dann würde mir nichts passieren. Er sagte ja, und wir handelten einen Preis aus. Das war nicht einfach für mich. Aber ich hatte Vertrauen. Wenn ich mit seiner Begleitung durch diese Gegend lief, dann betete ich immer zu Gott, dass mir nichts passieren würde. Ich danke noch heute Gott, dass dieser Mann mich immer begleitete und dass er wirklich nichts anderes wollte.

In Bogotá habe ich gelernt, gefährliche Situationen rechtzeitig zu erkennen. Ich entwickelte einen Blick dafür. Ich wusste, wann es besser war, die Straßenseite zu wechseln. Ich spürte die Gefahr. Ich lief immer sehr aufmerksam durch die Straßen oder über die Marktplätze. In Bogotá wusste ich, wann es besser war, um mein Leben zu rennen.

Ich hatte nie Interesse an Drogen, Zigaretten, Partys und Diskotheken. Ich hatte auch nicht das Geld, mir elegante Kleider oder edle Schuhe zu kaufen, um in die Diskotheken hineinzukommen. Ich liebte es mit Freunden abends in Parks zu gehen. Wir kauften nur etwas zu essen von Verkäufern, die wir kannten. Wenn wir zu Hause blieben, dann machten wir uns oft Arepas zum Essen.

Arepas: Rezept für 6-8 Personen
- *2 Tassen Maismehl*
- *2 1/2 Tassen warmes Wasser*
- *etwas Salz, je nach Geschmack*

Zubereitung
Das Maismehl zusammen mit dem warmen Wasser in eine Schüssel geben. Mit den Händen das Maismehl mit dem warmen Wasser gut durchkneten. Beim Kneten das Salz hinzugeben. So lange kneten, bis sich eine glatte Masse bildet.
Eine gute Handvoll von der Masse herausgreifen und zwischen beiden Händen kreisen, bis sich eine Kugel formt. Die Kugel dann auf einen Teller zu einer runden Scheibe mit dem

Handballen platt drücken. Darauf achten, dass die Scheibe nicht zu dünn wird.
In einer Pfanne etwas Öl erhitzen und die Scheiben anschließend auf beiden Seiten anbraten. Die Arepas sind fertig, wenn sie eine goldgelbe Farbe bekommen.
Servieren und warm essen
Die fertigen Arepas gleich nach dem Braten essen. Man kann sie mit etwas Käse betreuen oder etwas anderes zwischen zwei Arepa legen, so wie ein Sandwich. Wie man möchte.

Obwohl ich nicht viel hatte, war ich in Bogotá glücklich. Ich machte mir eigene Gesichtsmasken aus Backpulver und Salz, wusch meine Haare mit Kamillenwasser und stellte mir selbst kreative Seifen her.

Im Institut SENA lernte ich viel über Wirtschaft, Rechnungswesen und Marketing. Ich wurde zur Klassensprecherin gewählt. Das machte mich stolz, weil meine Klassenkameraden mir ihr Vertrauen gaben. Die Ausbildung war mit Projekten verbunden. Ich entwickelte Marketingkonzepte und realisierte sie. Ich plante und organisierte Ausstellungen für Unternehmen, die mit SENA kooperierten. Ich fertigte auch einfache Produkte an, die ich auf Marktständen anbieten und verkaufen sollte.

Nach drei Jahren bekam ich meinen Abschluss. Ich war nun Technologin für Marktwirtschaft. Ich war so stolz auf mich!

Ich griff nach einer großen Chance in meinem Leben

Während meiner Ausbildung zur Technologin für Marktwirtschaft lernte ich im Internet Paul kennen. Einen Studenten aus Deutschland. Er schrieb mir etwas über Jahreszeiten. Ich kannte keine Jahreszeiten. Ich kannte nur Hitze und Regen. Ich war neugierig. Paul schrieb mir viel über Europa und über Deutschland. Er lebte in Hamburg. Ich las sehr gerne seine Geschichten. Sie machten mir Freude und Hoffnung. Ich las etwas aus einer anderen Welt, die ich nicht kannte. Paul konnte gut Spanisch. Manchmal verbesserte ich sein Spanisch. Ich freute mich immer, wenn Paul mir etwas über sich, über Hamburg, über das Leben in Deutschland schrieb.

Ich war so aufgeregt. Paul lud mich eines Tages nach Hamburg ein. Ich dachte aber sofort, dass ich für eine solche Reise kein Geld hätte. Ich sah meine in der Sonne verblassten Hemden, meine alten schwarzen Schuhe, meine alte Handtasche an. Ich lachte und weinte, so sollte ich Paul begrüßen?

Ich ging aber trotzdem zur Deutschen Botschaft in Bogotá, um mich über die Aufenthaltsmöglichkeiten in Deutschland zu informieren. Sie sagten mir, dass ich ein Sprachzeugnis Niveau A1 vom Goethe Institut bräuchte, wenn ich als Studentin oder als Au-pair nach Deutschland möchte. Ich schrieb Paul, dass alles schwierig wäre und dass ich ihn nicht so bald besuchen könnte. Nach einigen Wochen fiel mir wieder das Wort „Au-pair" ein. Ich schrieb Paul, dass er mir erklären sollte, was „Au-pair" bedeutete. Paul erklärte mir, dass ich als Au-pair ein

Jahr in Deutschland bei einer Familie leben würde. Ich müsste mich um die Kinder kümmern und im Haushalt helfen und könnte zusätzlich einen deutschen Sprachkurs besuchen. Ich müsste nur eine Familie finden, die mich als Au-pair aufnähme. Ich hatte wieder Hoffnung und dachte wieder an meinen Traum, einmal woanders auf der Welt zu sein.

Ich erzählte alles meinen Freundinnen. Ich erzählte ihnen, dass ich am Goethe Institut einen Deutschkurs besuchen wolle, weil ich ein Jahr in Deutschland als Au-pair arbeiten möchte. Das war die große Überraschung des Abends. Ich nach Deutschland! Meine Freundinnen waren sehr neugierig und wollten alles wissen. Sie kannten meine familiäre Situation und meine Schwierigkeiten, die ich hatte. Sie wussten auch, dass ich im Gegensatz zu meiner Schwester immer arbeiten musste. Sie wussten, dass ich nicht viel Geld hatte. Ich sparte ab jetzt jeden Peso, den ich verdiente, um an diesem Deutschkurs am Goethe Institut teilzunehmen. Mir war klar, dass ein Traum für mich zum Greifen nahe war! Ich könnte vielleicht in Deutschland bei einer Familie wohnen. Ich könnte ein Jahr in Deutschland arbeiten, dort wo es Frühling, Sommer, Herbst und Winter gab.

Es dauerte zwei Jahre bis ich das Geld hatte, um mich im Goethe Institut für den Deutschkurs anzumelden. Ich fuhr zum Goethe Institut im Bus Richtung „Chico Norte". Es war Dienstag das Goethe Institut hatte am Nachmittag auf. Das Goethe Institut war in der Nähe des Parks de la 93 im Norden von Bogotá nicht weit weg vom Finanzviertel. Teure Hotels, sehr gute Restaurants, Bars und Cafés gab es hier. Geschäftsleute und Touristen ruhten sich im Park de la 93 aus und entspannten sich. Ich betrat zum ersten Mal das Goethe Institut. Es war beeindruckend. Ich wurde herzlich empfangen. Ich sagte, dass ich mich für einen Deutschkurs A1 anmelden wolle. Es dauerte nicht lange und ich war angemeldet. Ich fühlte mich, als ob ich eine Studentin wäre, die Deutsch studieren würde. Ich konnte es noch nicht glauben, ich würde Deutsch lernen.

Die deutsche Sprache war sehr schwer. Manchmal war ich frustriert, dass ich nicht schnell genug lernte. Aber ich dachte immer daran, dass ich als Au-pair in Deutschland arbeiten wollte. Das war die große Chance in meinem Leben. Ich übte „der, dem, den", Großschreibung, Kleinschreibung, Regeln und Ausnahmen. Ich musste sehr viel üben, denn der Deutschkurs dauerte nur zwei Monate. Wie sollte ich das schaffen?

Ich hatte immer noch keine Familie in Deutschland gefunden, bei der ich als Au-pair arbeiten könnte. Ich suchte im Internet. Ich stellte mich auf kostenlosen Au-pair-Portalen vor. Ich hatte kein Geld, um mich bei einer professionellen Au-pair-Agentur anzumelden. Diese Ungewissheit, ob ich eine Familie finden würde, machte mich nervös und unruhig. Manchmal dachte ich abends, wenn ich im Bett lag, ob das alles richtig wäre, was ich tat. Oft schlief ich erst sehr spät ein. Ich beruhigte mich immer, dass ich schon weit gekommen war und dass alles gut werden würde mit Gottes Hilfe.

Dann schrieb mir eine Familie eine E-Mail, dass sie mich kennenlernen möchte. Sie wollte mit mir über Skype sprechen. Ich sollte ihnen schreiben, wann ich Zeit hätte. Die Familie hieß Weiß. Ich zitterte. Ich war so aufgeregt. Ich wollte jetzt nichts falsch machen. Ich sprach mit meinen Freundinnen, die mir Mut machten. Die Familie hatte auf Deutsch geschrieben. Ich hatte so Angst, dass ich das erste Mal in meinem Leben mit einer deutschen Familie Deutsch sprechen müsste. Ich hatte erst vier Wochen Deutschunterricht! Ich übte laut, mich auf Deutsch vorzustellen und zu sagen, dass ich mich sehr freue mit der Familie zu reden und dass ich gerne als Au-pair bei ihnen arbeiten möchte. Ich hatte auch Glück, dass mein Laptop eine eingebaute Kamera hatte. Ich musste mir nur ein Headset kaufen, damit ich über Skype mit der Familie reden konnte.

Der Anruf kam. Ich war vorbereitet. Mein Herz klopfte bis zum Hals. Ich meldete mich mit „Hallo, guten Abend. Ich bin Elaine". Ich sah eine Frau mit drei Kindern im Hintergrund, die in einem riesigen Zimmer saßen. Und dann, dann antwortete die Frau auf Spanisch! Ich war so erleichtert. Ich hörte den Stein, der mir vom Herzen fiel. Das war die Chance! Ich erzählte, wer ich war, woher ich käme und was ich gerade machte. Ich erzählte, dass ich Technologin für Marktwirtschaft bin, dass ich gerade Deutsch am Goethe Institut lernte. Die Frau fand mich nett und sympathisch. Sie erzählte etwas über sich, dass sie Lehrerin sei und stellte ihre drei Kinder vor. Sie sagte, sie wohne in Rheinland-Pfalz. Wir verabschiedeten uns und sie sagte, dass sie mir in ein paar Tagen schreiben würde, ob sie mich als Au-pair aufnähme. Ich atmete durch und hoffte nun, dass sie mich einladen würde. Ich suchte im Internet, wo Rheinland-Pfalz lag.

Die E-Mail kam: „Wir freuen uns schon auf dich!" Mein Herz stand still, als ich diesen Satz las. Eine deutsche Familie nimmt mich für ein Jahr als Au-pair! Ich tanzte durch die Wohnung meiner Freundin. Wir gingen am Abend noch weg, um mein Glück und meinen

Erfolg zu feiern. Die Familie schrieb mir, dass sie noch einige persönliche Daten von mir bräuchte, um den Au-pair-Vertrag fertigzumachen. Ich machte einen Termin bei der Deutschen Botschaft, um das Visum zu beantragen. Familie Weiß schickte mir den Au-pair-Vertrag und das Einladungsschreiben. Ich konnte weder den Vertrag noch das Einladungsschreiben lesen. Ich lachte. Ich las nur „… 260 Euro …". Das war wohl, das Geld, dass ich als Au-pair verdienen würde. Ich rechnete diese 260 Euros sofort in kolumbianische Pesos um. Mein Gott, ich würde 900.000,00 kolumbianische Pesos verdienen. Ich wäre damit Millionärin in Kolumbien. Ich lachte.

Alles passierte irgendwie gleichzeitig. Ich bestand die Sprachprüfung am Goethe Institut mit 60 von 100 Punkten. Ich hatte mein Sprachzeugnis Deutsch A1. Ich konnte etwas Deutsch. Ich fühlte mich gut. Ich war so glücklich. All das, was ich gehofft hatte und wofür ich gearbeitet hatte, ging auf einmal in Erfüllung. Ich fuhr nach Socorro, um mit meiner Familie zu reden. In sechs Wochen begann schon meine Arbeit als Au-pair. Ich hatte aber noch kein Flugticket. Ich hatte auch kein Geld, mir ein Flugticket zu kaufen. Ich brauchte aber dieses Flugticket, um das Visum zu beantragen. Mein Vater würde mir kein Geld geben. Ein Flugticket nach Deutschland kostet mehr als zwei Millionen Pesos. Trotzdem, ich bat meinen Vater, meine Oma und Freunde der Familie um das Geld. Ich sagte ihnen, dass ich ihnen das Geld zurückzahlen würde, mit dem Geld, dass ich als Au-pair verdienen würde. Niemand war dazu bereit. Die letzte Person, die mir noch einfiel, war ein entfernter Verwandter der Familie, der familiär mit Deutschland verbunden war. Er hieß Marco. Seine Familiengeschichte kannte ich nicht so genau. Er besuchte uns manchmal. Er war selbstständiger Bauingenieur und hatte viele Eigentumswohnungen in jeder großen Stadt in Kolumbien. Ich hatte seine Telefonnummer. Ich rief ihn an. Ich sprach lange mit ihm. Er sagte schließlich ja. Ich war ihm so dankbar. Wir trafen uns in Bogotá. Er kaufte mir das Flugticket. Ich umarmte ihn stundenlang. Er freute sich auch. Er kannte meine Schwierigkeiten, die ich mit meiner Familie hatte. Er kannte mich seit meiner Kindheit. Wir gingen dann noch einen großen Koffer kaufen, eine Reisetasche und etwas Kleidung für Deutschland. Wir kauften eine warme Jacke. In Bogotá kann man warme Jacken kaufen, weil es nachts kalt wird. Bogotá liegt 2600 m hoch.

Susanne Weiß und ich, wir schrieben uns seit Wochen E-Mails und sprachen oft über Skype miteinander. Wir tauschten immer Informationen aus, damit ich das Visum für Deutschland bekommen konnte. Ich benötigte viele Dokumente, um das Visum zu beantragen:

- Au-pair-Vertrag
- Einladungsschreiben der Familie Weiß
- Sprachzertifikat vom Goethe Institut Niveau A1
- Nachweis einer deutschen Krankenversicherung für mich
- Flugtickets
- Nachweis über die Finanzierung meiner Reise

Nachdem ich alles zusammen hatte, fuhr ich zur Deutschen Botschaft und beantragte das Visum. Ich musste alles vollständig haben. Kein Dokument durfte fehlen. Wenn ein Dokument fehlte, dann müsste ich einen neuen Termin vereinbaren. Es war nämlich nicht möglich, ein Dokument nachzureichen. Familie Weiß wartete schon auf mich. Sie brauchten mich in wenigen Wochen als Aupair für ihre Kinder. Im Au-pair-Vertrag war mein Arbeitsbeginn eingetragen. Die Beantragung des Visums musste also exakt an diesem einen Termin erfolgreich sein. An diesem Tag fuhr ich deshalb innerlich sehr aufgeregt zur Deutschen Botschaft. Die Sachbearbeiterin prüfte sehr sorgfältig alle Dokumente. Sie sagte schließlich, dass alles in Ordnung wäre. Ich müsste nun warten, bis ich Bescheid bekäme, dass ich das Visum abholen könnte. Ich war so erleichtert. Ich schrieb Susanne Weiß, dass alles mit dem Visum funktioniert hatte. Susanne gratulierte mir und sie war sehr zuversichtlich, dass nun nichts mehr schiefgehen konnte.

Ich fuhr wieder nach Socorro. Im Haus meiner Familie wartete ich auf den Anruf der Deutschen Botschaft, dass mein Visum abholbereit wäre. Ich konnte in den kommenden Nächten nicht schlafen. Ich dachte immer daran, dass ich bald in ein Flugzeug steigen würde und viele Stunden nach Europa, nach Deutschland fliegen würde. Wenn alles gut ginge. Die Tage vergingen langsam. Im Haus half ich wie immer im Haushalt. Ich wusch gerade die Wäsche, da klingelte das Telefon. Meine Oma ging ran. Sie rief mich, dass ich ans Telefon kommen solle. Jemand wollte mich sprechen. Es war die Deutsche Botschaft. Mein Visum wäre fertig. Ich könnte es abholen. Ich brach zusammen. Alles fiel von mir ab. Ich verlasse Kolumbien! Meine Familie wusste jetzt, dass alles stimmte, was ich immer erzählt hatte. Sie wusste, dass ich nicht nur Spinnerei erzählt hatte, wie sie es immer nannte. Ich verlasse in ein paar Wochen Kolumbien!

Es kam die Stunde des Abschieds. Es war nachmittags. Meine Koffer waren gepackt. Marco kam mit seinem großen Auto, um mich abzuholen. Mein Gesicht war voller Tränen. Ich nahm Tuco, meine schwarze Katze, auf den Arm. Ich küsste sie. Ich sagte ihr, dass meine Oma auf sie gut aufpassen würde. Mein Herz tat mir so weh, als ich in Tucos Augen sah. Ich verabschiedete mich von meiner Mutter. Wir umarmten uns sehr lange. Sie flüsterte mir etwas ins Ohr, dass sie stolz auf mich wäre. Ich verabschiedete mich von meiner Oma. Sie sagte mir, dass sie mich verstehe. Ich verabschiedete mich von meiner Schwester. Sie wünschte mir Glück und sagte mir, dass wir uns in einem Jahr wiedersehen würden. Marco lud mein Gepäck ins Auto. Bevor ich ins Auto stieg, suchte ich Tuco. Sie saß vor der Haustür und blickte mich an. Ich schickte ihr einen Luftkuss. Ich weinte. Ich stieg ins Auto. Marco fuhr los.

Marco konnte sehr gut Auto fahren. Er führ wie ein Rennfahrer über die Nationalstraße 45a nach Bogotá. Er kannte jede Straße in Kolumbien. Er hörte immer kolumbianische Volksmusik im Auto. Wir sangen beide zusammen. Das lenkte mich ein bisschen ab. Ich konnte wieder etwas lachen. Wir fuhren nur fünf Stunden, obwohl viele Lastwagen auf der Straße waren. Die Lastwagenkolonnen verursachten viele Staus. Es war sehr schwer und gefährlich, sie auf den engen Nationalstraßen zu überholen. Marco war aber ein sehr erfahrender Autofahrer, sodass wir gut vorankamen. Als wir am Flughafen Bogotá „El Dorado" ankamen, informierten wir uns, von welchem Flugsteig mein Flug nach Barcelona abflog. Wir aßen noch ein Eis zusammen. Es war schon Abend geworden. Ich hatte noch drei Stunden bis zum Abflug. Als ich zum Check-in ging, umarmten wir uns und weinten. Marco wünschte mir viel Erfolg in Deutschland und dass ich etwas daraus machen sollte. Er sagte, dass er sich freuen würde auf unser Wiedersehen. In Kolumbien. Er hatte Tränen in den Augen. Es ist selten, dass man in Kolumbien einen Mann weinen sah. Mit Tränen in den Augen checkte ich ein. Ich hielt meine Bordkarte in der Hand, die etwas zitterte. Ich war unruhig. Ich versuchte mich, zu orientieren. Ich war jetzt allein.

Ich ging durch die internationale Passkontrolle. Mir ging es nicht so gut. Ich hatte Angst, dass etwas mit dem Visum nicht in Ordnung wäre. Aber natürlich war alles in Ordnung. Es war ein Visum der Deutschen Botschaft. Nun war ich in der großen Abflughalle allein. Ich hörte die spanischen Durchsagen. Ich ging mit meinem Handgepäck spazieren. Ich sah mir alles an. Das hatte ich noch nie gesehen. Ich probierte Parfüm. Ich wartete. Ich las noch die letzte E-Mail der Familie Weiß: „Wir freuen uns auf dich. Wir wünschen dir einen guten Flug. Wir holen dich vom Flughafen Frankfurt (Main) ab. Liebe Grüße Susanne." Die Abfertigung zum Einstieg ins Flugzeug ging los. Endlich! Ich betrat das Flugzeug. Die Stewardessen begrüßten mich. Ich traute meinen Augen nicht. War das ein Flugzeug. Ich dachte nur „Super cool!" Mein erster Flug im Leben. Das Flugzeug startete. Es war 21:28 Uhr. Das Licht in der Kabine wurde dunkel. Ich betete. Ich dachte an Tuco. Ich war auf dem Weg nach Deutschland. Meine Hände wurden kalt.

Ich sah die Wolken über Deutschland und dachte an Kolumbien

Ich saß im Flugzeug. Neben mir eine junge Frau mit ihrem Freund. Sie sprachen Deutsch. Ich verstand nicht viel. Ich trank etwas Mineralwasser. In etwas mehr als zehn Stunden würde ich in Spanien sein, in Europa, dachte ich. Es gab manchmal Turbulenzen. Das Flugzeug rüttelte sich oder sackte etwas ab. Ich hatte dann immer etwas Angst. Im Flugzeug wurde ein Film gezeigt.

Plötzlich dachte ich an Kolumbien. Mir fiel meine Arbeit im Fast-Food-Restaurant in Bogotá ein. Wir arbeiteten zusammen wie eine große Familie. Wir hörten immer laute Musik. Wir lachten zusammen. In Kolumbien ist Fast-Food tatsächlich Fast-Food. Es gab die Verpflichtung, dass jeder Kunde seine Bestellung innerhalb von drei Minuten haben müsse. Wir hatten sehr viele Kunden, sodass wir sehr viel arbeiten mussten. Ich lernte viel in diesem Restaurant: alle Zubereitungsarten, die Arbeitsorganisation, die Reinigung und die Instandhaltung der Geräte und Maschinen. Ich arbeite einige Jahre in diesem Restaurant. Es war die beste Arbeit in meinem Leben. Es waren die besten Arbeitskollegen, die ich hatte. An unseren freien Tagen unternahmen wir immer etwas Gemeinsames. Ich wurde sogar Crew-Trainerin, worauf ich sehr stolz war. Ich dachte, ob mir das in Deutschland nutzen könnte. Ich stellte mir vor, wie mein Leben in Deutschland sein würde. Wie sind die Menschen in Deutschland? Wie ist die Arbeit in Deutschland? Ich dachte an die Jahreszeiten, von denen mir Paul immer erzählt hatte. Paul, ich hatte vergessen ihm Bescheid zu sagen, dass ich nach Deutschland fliegen würde. In meiner ganzen Aufregung und wegen der ganzen Arbeit, die notwendigen Dokumente zu besorgen, hatte ich Paul vergessen. Ich würde ihm gleich nach meiner Ankunft schreiben. Ich wurde müde und schlief ein.

Ich wachte auf. Ich hatte von meiner Schwester geträumt. Sie musste nicht in Bogotá leben. Meine Oma unterstützte sie. Sie hatte Glück. Vieles ging mir durch den Kopf. Die Monotonie im Flugzeug regte meine Erinnerungen an. Ich sah die Taschendiebe in Bogotá, wie sie in den Transmilenio Bussen versuchten, die Geldbörsen zu stehlen. Ich sah die Diebe auf den Plätzen in Bogotá, wo sie die Touristen unbemerkt umzingelten, ablenkten und ihnen die Taschen stahlen. Als die Touristen das bemerkten, half ihnen niemand. Ich sah plötzlich wieder den Mann, der mich in Bogotá überfallen hatte. Er wollte mein Geld. Ich sagte im eiskalt, dass ich keins hatte. Der Mann lachte laut und schubste mich. Er sagte, er würde mir glauben, weil ich so frech bin. Ich wäre fast vor Angst gestorben. Furchtbar! Ich erinnerte mich an den Mord, den ich in Bogotá sah als ich zur Arbeit ging. Ein Mann stieg aus einem Auto mit einer sehr hübschen Frau an seiner Seite. Es kamen zwei Motorradfahrer vorbei. Sie hielten vor dem Auto und schossen dem Mann in den Kopf. Er fiel sofort auf den Boden. Die Frau schrie um Hilfe. Sie schrie Manuel, Manuel. Er war tot. Die Männer sahen mich. Sie fuhren auf mich zu. Sie sagten zu mir, wenn ich etwas sagen würde, töten sie mich. Ich war wie erstarrt. Ein Albtraum. Ich saß am Straßenrand, weil ich nicht stehen konnte. Meine Knie zitterten. Die Polizei kam. Sie fragten mich, ob ich etwas gesehen hätte. Ich sagte nein. Ich konnte viele Nächte nicht schlafen. Ich fühlte mich schlecht.

Das Flugzeug landete um 13:50 Uhr auf den Flughafen El Prat in Barcelona. Es schien die Sonne, der Himmel war blau. Ein paar kleine Wolken zogen vorbei. Ich war erschöpft vom Flug. Ich las auf einer Anzeige, dass die Temperatur 14 Grad Celsius betrug. So warm war es nachts in Bogotá. Ich war jetzt schon in Europa aber noch nicht so richtig. Ich las alle Hinweisschilder, um mich zu informieren, wo ich jetzt hingehen müsse. Es war gut, dass ich in Spanien angekommen war. Ich konnte alles lesen. Ich musste durch die Passkontrolle. Die spanische Polizei kontrollierte ganz genau meinen kolumbianischen Pass und mein Visum. Ich selbst wurde auch am Körper untersucht. Alles war in Ordnung.

Ich war jetzt in Europa! Es war 14:28 Uhr Ortszeit.

Ich werde diesen Tag nie in meinem Leben vergessen. Es war ein besonderer Tag in meinem Leben. Einer meiner Träume wurde wahr. Ich war innerlich froh und angespannt. Ich musste aber noch weiterreisen, um nach Deutschland zu kommen.

Mein Flug nach Frankfurt am Main startete um 15:50 Uhr. Ich hatte etwas Hunger. Ich traute mir aber nicht am Geldautomaten Geld abzuholen. Ich war mir nicht sicher, ob meine Bankkarte der Banco Colombia hier funktionierte. Ich wollte es nicht riskieren, es auszuprobieren. Ich wusste auch nicht, ob ich mit Euros nach Deutschland einreisen durfte. Ich wusste nur, dass mich die deutsche Polizei kontrollieren würde. Ich hatte großen Respekt vor der deutschen Polizei. Ich bummelte etwas über den Flughafen, um mich abzulenken. Ich fühlte mich so, als ob ich noch in Bogotá wäre, wegen der spanischen Sprache, die ich überall hörte. Das war sehr angenehm.

Die Zeit verging schnell. Der Einstieg in die Lufthansa Maschine LH 1129 ging los. Die Stewardessen begrüßten mich mit einem Lächeln. Das Flugzeug war kleiner als das Flugzeug, mit dem ich nach Spanien kam. Ich setzte mich auf meinem Platz und warte angespannt auf den Start. Das Flugzeug beschleunigte auf der Startbahn. Ich wurde nach hinten gedrückt. Pünktlich um 15:50 Uhr erhob sich die Lufthansa Maschine in die Luft. Die letzte Etappe begann.

Der Kapitän begrüßte uns freundlich auf Deutsch bei seiner Lautsprecherdurchsage. Ich hatte nicht viel verstanden. Ich verstand, dass der Flug ungefähr zwei Stunden dauerte und das Wetter war gut. Ich saß am Fenster und schaute mir Europa an. Ich wusste nicht so genau, wo ich war. Ich kannte Europa nicht. In Amerika ist Europa nicht so wichtig. Es ist zu weit weg. Ich hatte etwas in der Schule über Europa gelernt. Insbesondere über Spanien.

Der Flug war ruhig. Das Flugzeug begann ihren Landeanflug. Ich hörte die deutsche Durchsage der Stewardess. Gleich bin ich in Deutschland. Ich war aufgeregt. Gleich war ich in Deutschland. Die Lufthansa Maschine LH 1129, die mich nach Deutschland brachte, landete auf dem Flughafen Frankfurt am Main. Es war 18:11 Uhr.

Ich dauerte noch etwas, bis wir das Flugzeug verlassen konnten. Ich folgte den anderen Fluggästen. Die Stewardessen verabschiedeten sich lächelnd und wünschten uns eine schöne Zeit in Frankfurt am Main. Ich wartete auf meinen Koffer. Er kam auf einem großen Laufband zu mir. Jetzt wird es ernst, dachte ich. Ich muss durch die deutsche Passkontrolle. Die deutschen Polizisten begrüßten mich. Ich gab ihnen meinen Reisepass, den ich mir in Kolumbien ausstellen ließ. Ich hatte vorher nie einen Reisepass, nur meine Cédula, so heißt der kolumbianische Personalausweis. Die deutschen Polizisten überprüften meinen Reisepass und mein Visum. Sie kontrollierten mein Koffer und untersuchten meinen Körper mit einem elektronischen Gerät. Ich war super aufgeregt. Die Polizisten sprachen auf Deutsch und auf Englisch zu mir. Ich antwortete mehr oder weniger auf Deutsch. Ich hatte großen Respekt vor der deutschen Polizei. Die Polizisten waren sehr freundlich und ruhig. Sie sagten alles wäre in Ordnung und wünschten mir eine gute Zeit in Deutschland. Ich sagte, vielen Dank. Jetzt war ich offiziell in Deutschland. Ich zitterte vor Aufregung. Mir wurde kalt.

Ich war jetzt in Deutschland! Es war 18:47 Uhr Ortszeit.

Ich war angekommen. Ein Traum. Ein Glück. Eine Hoffnung. Susanne Weiß warte schon in der Ankunftshalle auf mich mit zwei ihrer Kinder. Sie hielten ein großes Schild mit Blumen und Herzen hoch: „Herzlich Willkommen, Elaine!" Ich sah ihr Schild als ich durch die Tür ging. Sie lachten laut und die beiden Kinder hüpfen auf und ab. Ich lachte auch. Wir umarmten uns herzlich. Es war ein großer gefühlvoller Moment. Ich war überwältigt. Ich hatte Freudentränen in meinen Augen. Susanne fragte, wie mein Flug war. Sie bemerkte, dass ich Sommerschuhe anhatte. Wir lachten. Die Kinder fragten auch viel, aber ich verstand wenig. Wir gingen zum

Auto. Ich fror. Es war richtig kalt. Es war für mich sehr kalt. Susanne sagt jedoch, dass es noch nicht richtig kalt wäre in Deutschland. Der Winter würde noch sehr mild sein. Es war Anfang Januar. Oh Gott, dachte ich, wie kalt würde es noch werden hier in Deutschland. Susanne hatte ein großes Auto, sodass wir bequem Platz hatten. Ich sagte ihr, dass sie die Heizung im Auto anmachen solle, weil ich friere. Susanne konnte spanisch sprechen. Das war mein Glück. Ich saß vorne im Auto und sah so zum ersten Mal Deutschland, obwohl es schon dunkel war. Susanne erklärte mir, dass es im Winter früher dunkel wird als im Sommer. Ich bewunderte die großen Straßen, die nicht aus Sand waren. Die Landstraßen waren genauso gebaut wie die Straßen in den Städten. Susanne erklärte mir, dass diese Straßen Landstraßen oder Bundesstraßen hießen.

Wir kamen nach fast zwei Stunden in der Kleinstadt an, wo Familie Weiß wohnte. Sie hatten ein eigenes großes Haus, das wunderschön aussah. Im Haus begrüßte mich ihr Mann, der auf das kleinste Kind aufpasste, es war erst 1 Jahr alt. Familie Weiß hatte drei Kinder: Erik mit 4 Jahren, Mike mit 1 Jahr und Miriam mit 3 Jahren. Susannes Mann hieß Berndt. Susanne zeigte mir mein Zimmer. Es war im Erdgeschoss gleich neben der Eingangstür. Es gab ein Bett mit Nachttisch, einen Schrank, einen kleinen Tisch, einen Fernseher und eine hübsche Stehlampe. Im Haus war es kühl. Ich fragte Susanne, ob ich die Heizung anmachen könnte. Sie sagte, dass ich sie in meinem Zimmer anmachen könne. Sie erklärte mir, dass im übrigen Haus die Heizung automatisch geregelt würde. Ich stellte meinen Koffer ab und legte meine Reisetasche aufs Bett. Susanne sagte mir, dass ich erst mal hier im Haus ankommen solle. Sie zeigt mir das Badezimmer und sagte, dass ich mich erst mal frisch machen sollte, weil ich eine lange Reise hinter mir hatte. Das war sehr freundlich von Susanne. Sie hatte recht. Ich war nun allein im Zimmer. Ich setzte mich aufs Bett. Das war jetzt mein zu Hause für ein Jahr. Ich ließ mich nach hinten fallen und lag auf dem Rücken und atmete durch. Meine Beine hingen vom Bett herunter. Ich hoffte, dass ich alles schaffen würde. Aber ich wusste, dass ich viel arbeiten konnte. Ich arbeitete seit meiner Kindheit. Ich freute mich auf die drei Kinder.

Susanne zeigte mir vor dem gemeinsamen Abendessen das Haus. Sie erklärte mir ein paar Dinge, die sie für wichtig hielt. Ich hörte nur halb hin, ich sah mir die Einrichtung im Haus an. Das Haus war ganz anders eingerichtet als mein Haus in Kolumbien. Hier waren sehr viele Möbel aus dunklem Holz, Tapeten an den Wänden und Teppiche auf den Böden. Es hingen viele Bilder an den Wänden und in den Regalen standen viele Bücher. Im großen Wohnzimmer stand ein riesengroßer moderner Flachbildschirm. Die Küche war viel kleiner als die Küche in meinem Haus in Kolumbien. Viele elektrische Geräte standen in der Küche. Die Küchenschränke waren voll mit Geschirr. Es gab im Keller ein Waschraum mit drei Waschmaschinen und zwei Wäschetrockner. Es gab dort auch eine Tiefkühltruhe mit Lebensmittel. Ich dachte: „Das ist Luxus". Es gab zwei Kinderzimmer, die es nötig hatten, aufgeräumt zu werden. Die Kinder hatten viele Spielsachen.

Wir aßen Abendbrot. Ich kannte kein Abendbrot in dieser Form. Familie Weiß servierte viel Brot, das sehr dunkel war. Sie stellte Butter, Käse und Wurst auf den Tisch. Es gab Fruchtsäfte und heißen Tee. Berndt erklärte mir, dass die Deutschen immer dieses dunkle Brot aßen. Es wäre typisch für Deutschland. Es hieße Vollkornbrot und es wäre sehr gesund. Ich lächelte und probierte dieses Brot mit einer Käsescheibe ohne Butter. Brot mit Butter essen kannte ich nicht. Berndt meinte, dass ich jetzt Deutsch sprechen müsse. Ich sagte ja, ich würde es versuchen. Ich sollte etwas von mir erzählen, alle waren neugierig. Ich erzählte etwas über meine Stadt Socorro und über meine schwarze Katze Tuco. Nach einiger Zeit sagte ich, dass ich ins Bett gehen wolle. Ich wäre müde. Familie Weiß wünschte mir eine gute Nacht. Meine erste Nacht in Deutschland. Ich verabschiedete mich freundlich und wünschte auch eine gute Nacht. „Bis morgen", sagte ich. „Bis morgen", sagte Susanne.

Ich war in meinem Zimmer. Meine Zähne hatte ich schon geputzt. Ich packte nicht viel aus. Ich war völlig erschöpft. Ich lag noch lange wach, weil ich nicht schlafen konnte. Ich dachte immer darüber nach, ob alles richtig wäre, was ich tat. Wie wird alles werden in dieser Stadt mit dieser Familie? Ich dachte an meine schwarze Katze Tuco. Ich hoffte, dass meine Oma sie gut versorgte. Sie hatte es mir versprochen. Meine Gedanken waren in Kolumbien, bei meinen Freundinnen. Ob ich hier auch Freunde finden würde? Ich konnte noch niemanden in Kolumbien informieren. Mein Blackberry funktionierte hier noch nicht. Irgendwann schlief ich ein, ohne das Licht auf meinem Nachttisch ausgemacht zu haben.

Ich war Au-pair und fand erste Freunde

Susanne sagte mir am Vorabend, dass ich am nächsten Tag erst um 10 Uhr aufstehen müsse. Sie wäre noch drei Tage zu Hause bevor sie wieder arbeiten ginge. Ich sollte mich ausschlafen. Ich stand um 10 Uhr auf. Ich duschte mich mit warmem Wasser. Das war sehr angenehm. Ich hatte gut geschlafen. Ich war wohl todmüde gewesen. Das Zimmer war etwas kühl. Susanne begrüßte mich, als ich in die Küche kam. Die Kinder waren schon wach und liefen im Haus herum. Berndt war schon auf seiner Arbeit. „Willst du einen Kaffee?", fragte sie mich. „Nein, danke. Ich trinke Tee, bitte." Antwortete ich. Ich fragte sie, ob ich eine zweite Bettdecke bekommen könnte, weil mir in der Nacht etwas kalt war. „Na klar, kein Problem. Ich gebe dir eine zweite Decke. Im Winter ist es in der Nacht recht kalt. Entschuldige bitte, daran hatte ich nicht gedacht." Es gab Brötchen, Marmelade und etwas Käse zum Frühstück. Susanne hatte einen Tisch im Wohnzimmer gedeckt. Ich musste mich erst an das deutsche Frühstück gewöhnen. In Kolumbien aß ich zum Frühstück warme Arepas oder eine Suppe oder einfach nur ein Stück Weißbrot mit einem Glas Milch. Manchmal machte ich mir Cornflakes.

Erik und Miriam kamen zu mir. „Guten Morgen, Elaine!" „Guten Morgen!", antwortete ich. Die Kinder lachten und fragten mich, ob ich mit ihnen spielen wollte. „Ja, aber gleich nicht." Susanne verbesserte mich. Es hieß „… aber nicht gleich." Wir sprachen über mich und über die Kinder. Nach dem Frühstück ging Susanne mit mir durch das Haus. Sie zeigte mir alles sehr genau. Sie zeigte mir, wo die Kleiderschränke der Kinder waren, die Reinigungsmittel, die Vorratsschränke für die Lebensmittel. Sie erklärte mir die Waschmaschinen und die Wäschetrockner. Sie sagte mir, dass ich meinen Tag einteilen und organisieren könnte, wie ich es für richtig hielte. Wenn ich etwas nicht wüsste, sollte ich es ihr sagen. Es wäre kein Problem. Ich sagte ihr, dass ich schon seit meiner Kindheit im Haus meiner Familie in Kolumbien im Haushalt mithalf.

Wir fuhren anschließend zur Ausländerbehörde. Susanne hatte schon Wochen vor meiner Ankunft einen Termin vereinbart. „Hast du denn einen internationalen Führerschein?", fragte sie mich, als wir im Auto waren. „Ja, ich habe es." Antwortete ich. Susanne sagte, es hieße „ ... ja, ich habe einen."

Ich erinnerte mich an Fabian, meinen Fahrlehrer in Bogotá. Eine Fahrstunde kostete immer 20.000 Pesos, die ich ihm immer sofort bezahlen musste. Die Theorie lernte ich mit einem Buch, das ich zu Hause oder im Bus las. Fabian war ein junger Fahrlehrer. Er bemerkte bald, dass ich die Fahrpraxis nicht so schnell erlernte. Er rief mich überraschend eines Sonntags an. Er bot mir private Hilfe in seinem Auto an. Er wollte mir zeigen, was ich verbessern müsste, um schneller die Fahrpraxis zu erlernen. Er hatte meine Schwierigkeiten analysiert. Er wollte, dass ich nicht so viel Geld ausgäbe, um den Führerschein zu erhalten. Fabian ging ein hohes Risiko ein. Wenn ich einen Fehler machen würde und es käme zu einem Unfall, dann würde er ein großes Problem mit der Polizei bekommen. Und ich auch. Meine Reise nach Deutschland, mein Visum wären gefährdet. Fabian sagte, dass wir an einem Ort üben würden, wo es keine Polizei gäbe. Ich überlegte. Ich hatte Vertrauen zu Fabian. Ich stimmte schließlich zu.

Ich nahm selbst gemachte Arepas und Wasser mit. Wir übten auf einem freien Feld weit außerhalb von Bogotá. Hier war tatsächlich niemand. Wir übten bis Sonnenuntergang: Kuppeln und die Gänge schalten, geradeaus Rückwärtsfahren, einparken vorwärts und rückwärts. Fabian markierte „Parkplätze". Ich verbesserte mich von Stunde zu Stunde. Ich war Fabian sehr dankbar. Er sagte, dass er jetzt keine Probleme mehr sehen würde, sodass ich in zwei Wochen bestimmt die Prüfung machen könnte. Die noch kommenden Fahrstunden würden jetzt ausreichen. Ich umarmte ihn und sagte, wenn ich meinen Führerschein habe, dann koche ich etwas für ihn. Er lachte und sagte, dass er meine Einladung gerne annähme. Unsere Fahrstunden in Bogotá waren immer sehr lustig. Ich schrie immer, wenn große Lastwagen an meinem Fahrschulwagen vorbeifuhren. Ich hatte immer Angst vor ihnen. Ich bestand meine Führerscheinprüfung. Fabian kam zu mir nach Hause und ich kochte ihm „Tamales".

Tamales sind Bananenblätter, die mit Reis, Gemüse, Fleisch und mit einer Soße aus Maismehl gefüllt sind. Die Bananenblätter wickelt man zu kleinen Päckchen, die anschließend gekocht werden. Ich nahm gutes Rindfleisch.

Meine Tamales schmeckten Fabian. Er sagte, er komme wieder. Wir lachten. Es war ein sehr schöner Abend.

Susanne fuhr mit mir zuerst in ein Fotoladen, um biometrische Passfotos von mir zu machen. Ich kannte keine biometrischen Passfotos. Die Fotografin erklärte mir, was ich machen müsse: Geradeaus schauen und nicht lachen. Nach wenigen Versuchen hatte ich meine biometrischen Passfotos. Nicht zu lachen viel mir schwer. Wir fuhren weiter zur Ausländerbehörde. Das Visum von der Deutschen Botschaft war ein 90-Tage Visum. Die Deutsche Botschaft hatte mir schon damals gesagt, dass ich mit diesem Visum eine Aufenthaltserlaubnis als Au-pair in Deutschland beantragen müsste. Dies wäre aber ohne Probleme möglich. Wir begrüßten die Sachbearbeiterin in der Ausländerbehörde. Ich gab ihr meinen kolumbianischen Pass, der das Visum enthielt, und meine biometrischen Passfotos. Susanne gab ihr den Au-pair-Vertrag. Die Sachbearbeiterin sagte, dass alles in Ordnung wäre. Sie würden mich informieren, wenn ich meine Aufenthaltserlaubnis abholen könnte. Ich lernte ein neues Wort „Aufenthaltserlaubnis". Das Wort „Aufenthaltserlaubnis" würde mich noch lange begleiten. An diesem Tag wusste ich das aber noch nicht. Einige Wochen später hielt ich meine erste Aufenthaltserlaubnis in meinen Händen. Sie galt für ein Jahr.

Mein Alltag als Au-pair begann. Ich stand immer um 6:30 Uhr auf. Susanne und Berndt frühstückten bereits, weil sie gegen 7 Uhr das Haus verließen. Susanne war Lehrerin und Berndt war Beamter. Die kleine Mike weinte oft, wenn ihre Mama das Haus verließ. Ich nahm sie dann auf dem Arm und tröstete sie, indem ich sie durch das Haus trug und Kinderlieder aus Kolumbien sang. Ich kannte keine deutschen Kinderlieder. Die drei Kinder waren sehr auf ihre Mama fixiert. Susanne war lange Zeit zu Hause, um bei ihren Kindern zu sein. Diese Zeit war nun zu Ende, deshalb suchte sie ein Au-pair. Manchmal weinten alle drei Kinder gleichzeitig. Es war dann sehr schwer für mich, alle drei Kinder zu beruhigen. Die kleine Mike hatte ich immer im Arm. Ich sagte zu Erik und Miriam, dass wir uns an den Tisch setzen würden und überlegen, was Mama jetzt wohl machte. Anfangs funktionierte es noch nicht so richtig. Es lag vielleicht auch an meiner deutschen Sprache. Es wurde dann aber zu unserem Morgenritual. Ich machte anschließend das Frühstück: Orangensaft, Brötchen, Käse, Marmelade oder Müsli. Fleisch und Wurst gab es bei Familie Weiß nicht. Ich wusste anfangs nicht warum. Susanne erklärte mir später, dass sie vegetarisch lebten.

Nach dem Frühstück brachte ich Erik und Miriam in den Kindergarten. Ich blieb mit Mike allein im Haus. Ich kümmerte mich um sie und beschäftigte sie. Ich las ihr aus Kinderbüchern vor. Das half auch mir, deutsch zu lernen. Ich ging mit Mike spazieren. Mike lag in ihrem Kinderwagen. Im Haus krabbelte Mike wie ein kleiner Hund auf allen vieren. Sie konnte noch nicht laufen. Sie wurde erst im Sommer ein Jahr alt. Bevor ich Erik und Miriam vom Kindergarten abholte, räumte ich die Zimmer auf, saugte den Fußboden, machte die Küche sauber und ordnete die Kleidung. Ich lüftete das Haus. Ich wusch die schmutzige Wäsche. Ich legte die frische Wäsche in die Schränke und bügelte die Oberhemden von Berndt. Berndt sagte mir, dass ich seine Hemden hervorragend bügelte. Er lobte mich. Er sprach sonst sehr selten mit mir.

Es war 12 Uhr. Ich holte Erik und Miriam mit Mike im Kinderwagen vom Kindergarten ab. Erik und Miriam waren oft sehr lebhaft, wenn sie aus dem Kindergarten kamen. Sie rannten den Gehweg hinunter. Ich befürchtete immer, dass ihnen etwas passieren würde. Ich rief immer, dass sie aufpassen sollten und auf dem Weg bleiben sollten. Es passierte nie etwas. Ich hatte nur Sorge. Ich zeigte den Kindern, dass sie ihre Schuhe ordentlich im Flur hinstellen sollten. Ich wollte den Kindern Ordnung beibringen. Ich erinnerte mich an meine Kindheit. Ich musste immer ordentlich sein. Natürlich wollte ich nicht so sein, wie meine Oma zu mir war. Sie war sehr streng. Aber, ich wollte schon, dass die Kinder ordentlicher würden als sie es waren. Ich achtete auch darauf, dass sie ihre Spielsachen nach dem Spielen einräumten. In den ersten Monaten räumte ich immer mit ihnen gemeinsam auf. Einmal wollte Erik, dass ich ins Kinderzimmer komme. Er zeigte mir, dass er aufgeräumt hatte. Ich hob ihn lachend hoch und lobte ihn. Die Kinder waren sehr lieb. Ich achtete immer darauf, dass sie sich nach dem Essen ordentlich ihre Zähne putzten. Ich wollte auch, dass sie mir am Wochenende beim Tisch decken halfen. Sie stellten die Teller auf den Tisch, legten die Servietten hin. Das Besteck, das Essen und die Getränke brachte ich ins Wohnzimmer.

Erik und Miriam stritten sich auch. Ich beobachtete den Streit und achtete darauf, dass sie sich nicht schlugen. Ich wollte keine Gewalt mehr in meinem Leben sehen. Ich hatte genug Gewalt gesehen und gespürt. Wenn sie nicht selbst eine Lösung fanden, dann ging ich in den Streit hinein. Ich trennte Erik und Miriam liebevoll voneinander. Ich fragte beide, was denn passiert war. Was war der Grund ihres Streits? Ich suchte mit ihnen eine Lösung. Das war manchmal nicht einfach. Manchmal war die einzige Lösung, dass sich Erik eine Zeit lang allein im Wohnzimmer aufhalten musste und Miriam in ihrem Kinderzimmer im ersten Stock. Erik malte dann.

Er konnte gut malen. Miriam spielte mit ihren Puppen. Mir fehlte in den ersten Monaten auch die Sprache. Ich versuchte immer, ruhig zu bleiben. Irgendwann ging dann Erik zu Miriam oder Miriam zu Erik. Sie versöhnten sich wieder. Das war süß von den beiden. Wenn das Wetter es zu lies, gingen wir auf die Spielplätze in der Umgebung.

Berndt hatte Schichtdienst. Wenn er tagsüber zu Hause war, kümmerte er sich um seine Kinder. Die Kinder waren auch gerne bei Ihrem Vater. Sie hörten auf ihrem Vater. Bei Susanne waren die Kinder nicht so gehorsam. Berndt war aber nicht streng. Die Kinder unterschieden sehr wohl zwischen Vater und Mutter. Wenn Berndt von der Nachtschicht nach Hause kam, war es meine Aufgabe für Ruhe im Haus zu sorgen, damit er schlafen konnte. Die Kinder sollten keinen Lärm machen. Solange er schlief, durfte ich keine Arbeiten machen, die Lärm machten. Ich schrieb die Einkaufslisten, wischte Staub, putzte die Kinderschuhe. Wenn Susanne nachmittags nach Hause kam, beschäftigte ich mich noch eine Stunde mit den Kindern. Ich hatte dann frei.

Ich besuchte auch einen Deutschkurs. Susanne hatte mich an einer Sprachschule angemeldet. Der Kurs begann am Spätnachmittag. Ich besuchte ihn zweimal in der Woche. Er dauerte einen Monat. Nach dem Kurs machte ich eine Prüfung und bekam das Sprachzertifikat Deutsch A1.2. Dieses Niveau folgte auf das Sprachniveau A1, das ich am Goethe Institut in Bogotá erreichte. In meinem Kurs waren acht Schüler aus den unterschiedlichsten Ländern. Vicente, ein Spanier, war der Lustigste von allen. Vicente war schon Rentner. Er lebte mit seiner Frau Dulce in einem Dorf. Er kam vor sehr vielen Jahren nach Deutschland, um hier zu arbeiten. Seine Frau arbeitete noch. Aber bald würde auch sie im Ruhestand sein. Interessant war, dass Vicente kaum Deutsch sprach. Er stellte immer lustige Fragen. Er war mit „der, dem, den, dessen, deren" immer auf Kriegsfuß. Akkusativ und Dativ waren nicht seine Freunde. Er fand die deutsche Sprache vollkommen lustig. Wir lachten immer über seine lustigen Kommentare. Er nannte die deutsche Sprache immer „die Ausnahmesprache". Alle im Kurs liebten Vicente. Er war sehr nett, ruhig und spanisch lebhaft. Er nahm nicht alles so ernst. Seine Gelassenheit motivierte uns. Die Lehrerin bemühte sich auch Vicente die deutsche Grammatik näher zu bringen. Ich schloss mit Vicente und Dulce Freundschaft. Vicente und Dulce unterstützten mich während meiner Zeit als Au-pair. Sie luden mich ein. Ich fühlte mich immer wohl bei Ihnen. Vicente und Dulce genossen es am Abend in ihrem Haus einen Wein zu trinken und Serrano Schinken zu essen. Wenn ich bei Vicente und Dulce war, durfte ich nie im Haus helfen. Dulce sagte immer, wenn ich bei ihr war, sollte ich Urlaub von der Arbeit haben. Es fiel mir schwer nichts zu tun. Wir lachten oft. Vicente und Dulce hatten auch einen alten Hund.

Ich schloss auch mit anderen Schülern Freundschaft. Wir fuhren an meinen freien Tagen nach Köln und verbrachten dort unsere Freizeit. Vicente, Dulce und diese Gruppe aus dem Sprachkurs waren sehr wichtig für mich. Ich hatte meine ersten Freunde. Ich hatte immer Angst, dass ich keine Freunde finden würde. Ich machte viele Fotos in Köln. Köln war meine erste Großstadt in Deutschland, die ich sah. Der Kölner Dom war so beeindruckend, dass ich sprachlos war. Wir gingen am Rhein spazieren. Wir sahen uns die Geschäfte in der Fußgängerzone in der Nähe des Kölner Doms an. Ich probierte Jacken und Mützen an. Wir probierten ein Kölsch, das berühmte Bier aus Köln. Später besuchte ich Köln öfter.

Familie Weiß hatte viele Freunde. Ich lernte sie auch im Laufe der Monate kennen. Ich schloss Freundschaft mit Isabell. Isabell liebte Südamerika und sprach sehr gut spanisch. Sie hatte einen Freund. Sie wohnte im gleichen Dorf wie Vicente. Es begann die Zeit des Karnevals. Isabell holte mich zusammen mit ihren Freunden zum Karneval im Dorf ab. Isabell erklärte mir, dass Karneval in Nordrhein-Westfalen, Rheinland-Pfalz und Hessen eine lange Tradition hätte. Isabell war Mitglied im Karnevalsverein. Als sie ein junges Mädchen war, war sie ein Funkenmariechen. Ich wusste gar nicht was ein Funkenmariechen war. Isabell sagte zu mir, dass ich abwarten sollte, sie würde mir Funkenmariechen zeigen. Wir saßen in einem großen Festsaal. Auf einer großen, geschmückten Bühne hielten lustig angezogene Personen lustige Reden. Zwischen den Reden traten Tanzgruppen auf, in denen nur Mädchen und Frauen tanzten. Sie tanzten in Formationen. Isabell sagte mir, dass diese Tänzerinnen die Funkenmariechen waren. Ich fand den Karneval in diesem Dorf amüsant. Es schien, als ob das ganze Dorf feierte. Ich erinnerte mich an Kolumbien. Der südamerikanische Karneval war völlig anders als der Karneval hier in Deutschland. Dieser Tag mit Isabell und ihren Freunden war richtig schön. Ich vergaß alle meine Sorgen. Ich war glücklich. Isabell half mir viel. Ich telefonierte oft mit ihr. Ich sprach auch über meine Sorgen mit ihr. Isabell war meine erste deutsche Freundin. Ich war glücklich.

Ich hatte Glück, in diesem Jahr fand die Fußball-Europameisterschaft statt. Isabell und ihre Freunde waren wahre Fußballfans. Wir besuchten zusammen viele Open-Air-Veranstaltungen, auf denen wir die Spiele auf großen Leinwänden verfolgten. Insbesondere die Spiele der deutschen Nationalmannschaft. Ich erlebte zum ersten Mal, wie die Deutschen verrückt nach Fußball waren. Ich wusste aufgrund der Sprachkurse, dass Fußball die Nationalsportart der Deutschen war. Jetzt war ich mittendrin im Fußballfieber. Mein deutscher Lieblingsspieler wurde Sebastian Schweinsteiger von Bayern München. Isabell erklärte mir, dass Bayern München der erfolgreichste deutsche Fußballverein wäre und dass Bayern München auch international sehr erfolgreich sei. Leider schied Deutschland im Halbfinale gegen Italien aus. Im Endspiel waren Spanien und Italien. Obwohl ich etwas traurig war, dass Sebastian Schweinsteiger ausschied, war ich glücklich, dass die Spanier im Endspiel waren. Isabell, ihre Freunde und ich fuhren in ein Nachbardorf, um dort in einer Bar das Endspiel zu sehen. Spanien wurde Europameister. Unglaublich, Spanien wurde Europameister. Wir feierten ohne Ende.

**Ich dachte daran,
wie es weitergehen solle**

Ich sprach schon besser Deutsch. Erik und Miriam verbesserten mich manchmal. Mein Sprachkurs war schon vorbei. Susanne meldete mich leider für keinen weiteren Sprachkurs an. Ich lernte deshalb allein mit meinen Lehrbüchern.

Als ich mich an einem Nachmittag mit Isabell traf, gab sie mir einen Tipp. Sie sagte, es gäbe ein kostenloses Portal im Internet, mit dem ich Deutsch lernen könnte. Dieses Sprachportal böte auch Kontakte zu anderen Personen, die Deutsch lernten. Sie sagte, dass Deutsche auf diesem Portal Unterstützung anböten. Als ich am Abend wieder in meinem Zimmer war, schaute ich mir das Portal an. Ich musste mich registrieren, sonst hätte ich keinen Zugang zu den Übungen gehabt. Ich begann gleich mit der ersten Lektion. Sie gefiel mir. Sie vermittelte Substantive mithilfe von Bildern. Es gab schriftliche Übungen und Sprechübungen. Gut, dass ich ein Headset hatte. Ich machte an diesem Abend gleich die ersten beiden Lektionen.

Der nächste Tag war es sehr kalt. Ich hatte einen Schal, die Jacke aus Bogotá und keine Winterschuhe. Es waren minus 15 Grad. Das hatte ich noch nie in meinem Leben erlebt. Ich fuhr am Morgen mit dem Auto zum Einkaufen, um die Vorräte aufzufüllen. Susanne musste etwas später zur Arbeit gehen. Sie blieb mit den Kindern im Haus. Überall lag viel Schnee. Ich fuhr sehr langsam. Ich fuhr noch nie im Winter Auto. Ich musste einparken. Es gelang mir aber nicht. Ich überlegte, was ich tun sollte.

Ich hatte nicht viel Zeit. Ich sollte in eineinhalb Stunden wieder zurück sein. Ich stieg aus und fragte einen Mann, ob er nicht mein Auto einparken könnte. Der Mann wunderte sich. Ich erzählte ihm, dass ich aus Kolumbien käme und auf glatten Straßen mit Schnee nicht einparken könne, weil ich keine Übung darin hätte. Der Mann antworte mir etwas, dass ich nicht so richtig verstand. Er war unentschlossen. Wenn er ein Schaden am Auto verursachen würde, dann müsse ich ihn übernehmen, das sollte ich ihm hoch und heilig versprechen. Ich sagte, das wäre kein Problem. Der Mann parkte schließlich das Auto gekonnt ein. Ich bedankte mich sehr herzlich und sagte ihm, dass er mir sehr geholfen hätte. Er freute sich, verabschiedete sich und lächelte. Als ich wieder im Haus war, erzählte ich Susanne das nicht. Ich hatte kalte Füße. Meine Schuhe waren nicht für den Winter geeignet. Bevor ich den Einkauf in die Vorratsschränke einräumte, duschte ich deshalb meine Füße mit warmem Wasser ab.

Heute hatte ich Geburtstag. Die Sonne schien und der Himmel war blau und wolkenlos. Ein herrlicher Tag. Susanne, Berndt und alle Kinder gratulierten mir zum Geburtstag. Viele Kerzen brannten auf dem Frühstückstisch, den ich nicht eindecken musste. Ich hatte an meinem Geburtstag frei. Familie Weiß sang: „Happy Birthday ... liebe Elaine ... Happy Birthday to you!" Sie umarmten mich. Ich lachte und weinte zu gleich. Susanne sagte mir, dass sie eine Überraschung für mich hätte. Wir stiegen ins Auto und fuhren los. Wir fuhren über eine lange Brücke über einen großen See. Der Ausblick vom Auto war großartig: Die Sonne, der blaue Himmel und der See. Ich hatte eine Sonnenbrille auf. Wir kamen nach einer Viertelstunde an. Wir waren an einem großen See. Am Ufer lag ein sehr großes Schiff. Susanne sagte: „Komm, steig ein. Deine Geburtstagsüberraschung beginnt." Susanne hatte eine Schiffsrundfahrt über den See für mich gebucht. Meine erste Schifffahrt. Meine erste Kreuzfahrt. Ich musste lachen. Es war eine großartige Idee. Ich war wirklich überrascht.

Das Schiff hatte ein Unterdeck und ein Oberdeck. Wir waren auf dem Oberdeck. Ich streckte meine Beine auf einer Bank aus und genoss die Sonne. Die Sonne fehlte mir so sehr. Ich spürte die Wärme der Sonne in meinem Gesicht. Erik und Miriam liefen durch das Schiff. Sie waren auf Entdeckungstour. Der Kapitän begrüßte mich persönlich und gratulierte mich zum Geburtstag. Die anderen Gäste klatschten. Mir war das ein bisschen unangenehm. Wir aßen Kuchen, tranken Kaffee oder Tee. Mit einem Glas Sekt stießen wir auf mein neues Lebensjahr an. Susanne und Berndt wünschten mir viel Erfolg und dass meine Träume in Erfüllung gehen sollten. Susanne und Berndt kannten meine wirklichen Träume gar nicht.

Bald war Sommer. Ich war ein halbes Jahr in Deutschland. Familie Weiß war sehr nett. Mein Deutsch war nicht so gut. Ich hütete und versorgte die Kinder. Ich machte den Haushalt und lernte mit meinen Lehrbüchern und im Internet Deutsch. Ich war erschöpft. Ich lag abends im Bett und fühlte, dass ich noch nichts erreicht hatte. Meine Träume waren noch in weiter Ferne. Ich dachte, ich würde nach Kolumbien zurückkehren mit nichts in der Hand. Ohne Erfolge. Ich hatte Angst davor, dass mich alle in Kolumbien auslachen würden. Ich vermisste oft meine Mutter. Ich dachte oft an sie. Ich vermisste meine Arbeitskollegen und die Freude, die ich mit ihnen hatte. Ich war so traurig, dass niemand aus meiner Familie mir eine Nachricht schickte. Niemand hatte Interesse.

Susanne fuhr mit mir zur Ausländerbehörde. Sie wollte fragen, ob ich insgesamt zwei Jahre als Au-pair in Deutschland bleiben könne. Die Sachbearbeiterin sagte nein, obwohl Susanne ihr sehr viel erklärte, weshalb das erforderlich wäre. Die Sachbearbeiterin sagte mir, dass es für mich eine andere Möglichkeit gäbe, weiterhin in Deutschland zu bleiben. Ich fragte, welche Möglichkeit hätte ich? Sie antwortete, dass es in Deutschland ein Freiwilliges Soziales Jahr gäbe. Junge Menschen würden im Freiwilligen Sozialen Jahr soziale, gesellschaftliche Aufgaben übernehmen. Sie sagte, ich könnte auch ein Freiwilliges Sozialen Jahr machen, weil ich noch nicht 27 Jahre alt wäre. Ich fragte sie, ob es egal wäre, dass ich Kolumbianerin sei. Sie sagte ja. Wir verabschiedeten uns. Ich fragte Susanne, ob sie das Freiwillige Soziale Jahr kennen würde. Sie sagte, ja sie hätte davon gehört.

Abends in meinem Zimmer informierte ich mich im Internet über das Freiwillige Soziale Jahr. Ich verstand leider nicht alles, was dort geschrieben stand. Ich müsste mich bewerben. Das war ein großes Problem für mich. Ich wusste nicht, wie ich das machen sollte. Am nächsten Tag sprach ich mit Susanne darüber. Sie sagte, dass sie sich informieren würde. Nach einigen Tagen sprach sie mit mir. Sie hätte sich informiert und mit verschiedenen Organisationen gesprochen. Leider gab es aber keine Angebote für mich. Die vorhandenen Plätze wären schon vergeben.

Ich war enttäuscht. Ich lernte Deutsch. Ich bot verzweifelt im Sprachportal meine Hilfe zum Spanisch lernen an. Ich fühlte mich wie in einem Tunnel ohne Ausgang, ohne Licht. Viele Deutsche wollten mit mir Deutsch lernen und manche wollten mich auch kennenlernen. Ich rief meine Familie an. Ich bat um Geld, damit ich vielleicht eine Aufenthaltserlaubnis als Studentin bekommen könnte. Meine Familie lehnte ab. Dieser Anruf viel mir schwer. Ich hatte das Gefühl, dass ich meiner Familie damit meine Niederlage offenlegte. Ich war unglücklich. Mir ging es nicht so gut. Ich wurde krank. Ich hatte Fieber. Ich ging zum Arzt, der sagte, ich hätte einen Magen-Darm-Virus. Diese Erkrankung würde eine Woche dauern. Er verschrieb mir Medikamente und ich solle mich ruhig verhalten, dann würde es mir bald besser gehen. Susanne nahm sich eine Woche frei, um ihre Kinder und mich zu betreuen. Susanne kochte mir Tee. Ich lernte Zwieback kennen.

Ich dachte an die Zeit in Kolumbien, an der ich auf eine Familie wartete, die mich als Au-pair einladen würde. Die Zeit der Ungewissheit. Ich dachte an Marco. Er verabschiedete sich von mir mit den Worten: „Ich freue mich, dich wiederzusehen." Da fiel mir Tuco ein, meine schwarze Katze. Ich hoffte, dass es ihr gut ginge. Ich hatte so viele Gedanken im Kopf. Mein Traum war es in einem anderen Land, ein besseres Leben zu führen. Ein Leben mit mehr Möglichkeiten für mich. Ich hatte nur dieses eine Leben. Ich wusste nicht, wie es weitergehen würde. Ich half im Sprachportal anderen beim Spanisch lernen. Ich kam auch etwas voran. Mein Deutsch verbesserte sich langsam. Ich beruhigte mich, indem ich mir sagte, ich half wenigstens anderen Menschen beim Spanisch lernen und ich betreute drei kleine Kinder, die mich mögen, wenn ich nach Kolumbien zurückkehren müsste.

Eines Abends las ich spanische Texte von einem Deutschen. Seine Texte waren sehr gut. Er stand in diesem Sprachportal mit Spaniern in Kontakt, die ihn unterstützten. Er stellte viele grammatische Fragen. Er fragte sogar, was die Spanier in bestimmten Situationen wirklich sagen würden. Ich lächelte. Seine Texte enthielten nur wenig Fehler. Ich meldete mich bei ihm und korrigierte seine Texte. Er begrüßte mich. Er hieß Manfred. Ich schrieb ihm, dass ich Deutsch lernen würde und dass ich noch am Anfang stünde. Er sagte mir, er hilft mir gerne. Ich solle ihn fragen, wenn ich grammatische Probleme hätte. Das Lernen mit Manfred machte mir richtig Freude. Er nahm die Hilfe sehr ernst. Seine Hilfe war sehr gut. Ich spürte, dass er wollte, dass ich mein Deutsch verbesserte. Er schickte mir kleine Übungen. Diese Übungen waren kurz, aber sie brachten mich weiter.

Nach einigen Wochen entschied ich mich, Manfred zu schreiben, dass ich Hilfe in Deutschland bräuchte. Diese Entscheidung schob ich schon länger vor mir her. Ich wusste nicht, ob das richtig wäre. Heute Abend würde ich Manfred schreiben. Er war am Abend im Sprachportal online. Wir begrüßten uns. Meine Hände zitterten. Ich fing an, auf Spanisch zu schreiben. Ein langer emotionaler Text über mich, meine Träume und über meine Hilflosigkeit. Manfred schwieg einige Minuten. Es kam mir vor wie Stunden. Was würde er antworten? Ich war sehr unruhig. Mir war kalt. Ich lag schon im Bett. Meine Nachttischlampe erleuchtete etwas mein Zimmer. Ich wartete. Ich dachte immer „Manfred antworte endlich!" Dann antwortete er: „Ich habe alles gelesen. Du bist in einer schwierigen Situation. Ich unterstütze dich. Sag mir genau, was du willst." Ich konnte es nicht glauben, Manfred schrieb „… Ich unterstütze dich." Ich war so aufgeregt. Eine zweite große Chance – vielleicht. Manfred wollte, dass ich ihm genau sagte, was ich erreichen möchte. Ich schrieb ihm, dass ich gerne nach meiner Au-pair-Zeit in Deutschland bleiben würde. Ich hätte den Traum, hier ein besseres Leben zu führen. Ich schrieb ihm, dass die Ausländerbehörde mir ein Freiwilliges Soziales Jahr empfahl, damit ich mich weiterhin in Deutschland aufhalten könnte. Ich schrieb ihm, dass meine Aufenthaltserlaubnis nur noch bis zum Jahresende gültig wäre. Manfred antwortete, das wäre eine große Herausforderung in so kurzer Zeit eine Lösung zu finden. Aber er wird sich informieren. Ich dankte ihm herzlich und sagte ihm, dass ich ihm tausendmal umarmen würden und dass Gott ihn beschützen solle. Er wäre meine Rettung. In dieser Nacht schlief ich wieder etwas ruhiger. Ich dachte noch lange darüber nach, was ich eigentlich von Manfred verlangt hatte. Ich wollte, dass er mich unterstützt, obwohl er mich überhaupt nicht kannte. Ich war verrückt, aber er hatte zugestimmt. Er würde mich unterstützen. Kann ich ihm vertrauen? Er war meine zweite Chance, ich musste ihm vertrauen. Ich vertraute ihm auch. Etwas in mir sagte zu mir, dass ich Manfred vertrauen könnte. Ich betete und schlief ein.

Die Sonne ging auf. Ich stand auf. Ein neuer Tag begann. Ich wollte an diesem Tag etwas kolumbianisches für die Kinder kochen. Ich erhitzte etwas Knoblauch mit sehr wenig Olivenöl in einer Pfanne. Ich schälte kleine Kartoffeln, schnitt sie in Spalten und gab sie zu dem Knoblauch in die Pfanne. Ich kochte Reis und Gemüse. Ich presste frischen Orangensaft. Das Mittagessen war fertig. Ich servierte die in Knoblauch gebratenen Kartoffelspalten, den Reis und das Gemüse einzeln in Schalen. Die Kinder konnten sich so nehmen, was sie gerne essen wollten. Fleisch gab es nicht, weil die Familie vegetarisch lebte. Mein kolumbianisches Mittagessen schmeckte den Kindern. Während ich meine Arbeiten im Haus machte, dachte ich immer an Manfred. Ich war etwas unruhig, was würde er mir heute Abend schreiben. Was würde ich ihm heute Abend schreiben?

Manfred hatte tatsächlich geschrieben. Ich war erleichtert. Er hatte geantwortet. Ich las seine Nachricht. Manfred schrieb auf Spanisch. Er hatte sich sehr ausführlich über das Freiwillige Soziale Jahr (FSJ) informiert. Es stimmte tatsächlich, dass ich als Kolumbianerin eine Aufenthaltserlaubnis dafür bekommen würde. Er schrieb mir die Voraussetzungen, um die Aufenthaltserlaubnis zu beantragen:

- Sprachzertifikat Deutsch A1
- Vertrag mit einer Institution, wo ich das FSJ machen würde
- Nachweis einer Unterkunft
- Motivationsschreiben, warum ich ein FSJ machen wollte

Manfred schrieb, das wäre eine sehr große Herausforderung. Wir hätten nur sechs Monate Zeit. Wir werden es schaffen. Er fragte, ob ich ein Sprachzertifikat Deutsch A1 hätte.

An diesem Abend schrieben wir sehr viel. Er wollte gar nicht so viel über mich wissen. Er konzentrierte sich auf unsere Aufgaben, damit wir das Ziel erreichen könnten. Er sagte, dass er gleich damit anfangen würde, eine

Institution zu suchen. Das Problem wäre, dass ich eine Institution bräuchte, bei der ich auch wohnen könnte. Er sagte, es gibt nicht viele solche Institutionen. Manfred schrieb: „Wir werden unser Ziel erreichen!" Ich bot auch meine Hilfe an. Ich versprach ihm, dass ich intensiv Deutsch lernen würde. Dass ich schon ein Sprachzertifikat hatte, machte die Sache schon einfacher, sagte Manfred. Wir übten noch etwas Deutsch. Er übte mit mir Fragen und Antworten beim Vorstellen.

In einer E-Mail gab ich Manfred meine Handynummer. Ich bat ihm, er solle mich am nächsten Tag anrufen. Ich wollte seine Stimme hören. Manfred rief an. Es war nachmittags. Seine Stimme klang ruhig und etwas tief. Er sprach gut spanisch. Er verstand nicht immer alles, was ich ihm sagte. Ich bemerkte es daran, dass manchmal seine Antworten nicht zu dem passten, was ich sagte. Wir redeten irgendeinen Unsinn. Manfred war in dieser Zeit, der einzige Mensch, mit dem ich über meine Sorgen sprach. Ich hatte sonst niemanden. Es tat mir gut, mit Manfred zu reden. Manfred war auch froh. Er konnte nach Jahren wieder Spanisch reden. Wir telefonierten jetzt öfter. Er informierte mich immer, was er machte, damit wir vorankämen. Manfred hatte noch andere Ideen. Er wolle mich als Spanischlehrerin bei verschiedenen Sprachschulen bewerben. Er informierte sich auch über die Möglichkeit, ein Sprachkurs über ein Jahr für mich zu buchen.

Ich fragte ihn ein paar Tage später, ob er Skype hätte. Manfred hatte kein Skype. Ich schrieb ihm er solle Skype installieren. Wir könnten dann einfacher miteinander reden und wir könnten uns sehen. Manfred stimmte zu. Manfred sah in Skype auch den Vorteil, dass er mit mir Spanisch sprechen könnte. Wir trafen uns das erste Mal in Skype. Wir lachten beide. Manfred war ungefähr fünfzig Jahre alt. Er trug eine Brille und hatte graues, krauses Haar. Er sah gut aus. Er sagte: „Du bist also die Kolumbianerin, die unbedingt in Deutschland leben möchte." Er lachte. „Ja" sagte ich lachend. Unser Gespräch war sehr lustig. Manfred sprach gut spanisch aber mit deutschem Akzent. Er erzähle mir, dass er vor langer Zeit viel in Spanien war. Er nahm sein Notebook, um mir seine Wohnung zu zeigen. Er stellte mir seine Frau und seine hübsche Tochter vor. Beide begrüßten mich lächelnd. Ich fragte ihn, in welcher Stadt er wohne. Er antwortete: „In Berlin." Manfred wohnte in Berlin. Das war unglaublich. Berlin, die Stadt mit dem Brandenburger Tor. In dieser Nacht schlief ich wie ein Stein. Ich wusste nun, dass mich Manfred wirklich unterstützen würde. Ich wusste, dass er einen Weg finden würde. Da war ich mir jetzt sicher. Ich wusste auch, dass ich mich auch anstrengen müsste, damit die Arbeit von Manfred erfolgreich sein würde.

Ich stand vor dem
Brandenburger Tor in Berlin

Wir kannten uns jetzt zwei Monate. Wir trafen uns fast jeden Abend in unserer „Lieblingsbar" Skype. Wenn wir uns in Skype verabredeten, sagten wir immer: „Lass uns in unsere Lieblingsbar gehen." Wir lachten viel. Ich hatte wieder Energie und Hoffnung. Ich fühlte mich besser. Manfred war auf meiner Seite. Ich freute mich immer auf den Abend, wenn wir in Skype zusammen waren. Manfred konnte klassische Gitarre spielen. Manchmal schickte er mir in seinen E-Mails Aufnahmen von seinen Liedern. Es waren wunderschöne Lieder. Er sagte einmal zu mir, dass er klassische Gitarre spielte, weil er nicht singen könne. Er sagte, ich könne auch Gitarre spielen lernen. Ja, vielleicht dachte ich.

Lustig war auch, dass ich oft eine weiße Creme in meinem Gesicht hatte, wenn wir uns ich Skype sahen. Manfred konnte darüber so herrlich lachen. Ich sagte ihm, dass ich meine Haut pflegen müsse.

Der Postbote klingelte. Er gab ein Päckchen ab. Das Päckchen war für mich. Es war für mich. Mein erstes Päckchen für mich in Deutschland. Wer schickt mir ein Päckchen? Ich rief: „von Manfred!" Manfred war verrückt. Ich machte sein Päckchen auf. Ich war sehr neugierig. Alles war so hübsch eingepackt. Alles glänzte, wie meine Augen in diesem Moment. Ich packte alles aus: eine kleine Schokolade, ein schönes Kinderbuch, eine Gesichtscreme – ich musste lachen – und ein USB-Stick mit einem Buch. Was war das? Manfred hatte mir einen modernen Sprachkurs für meinen Computer geschenkt. Das war großartig. Ein kleiner Brief lag auch im Päckchen.

Ich las Manfreds Brief. Er schrieb, dass ich in meinem Leben eine sehr mutige Entscheidung getroffen hätte. Sein Vaterland zu verlassen, um woanders auf der Welt ein neues Leben zu beginnen, wäre eine beachtenswerte Entscheidung. Er bewundere mich. Er würde mich immer unterstützen. Sein letzter Satz ging mir sehr nahe. Ich musste weinen. „Elaine, sei dir sicher, wir werden zusammen alles erreichen. Unsere Energie wird uns die erforderlichen Ideen geben. Wir sind bereits auf dem Weg zum Ziel."

Nach einigen Wochen kam eine E-Mail von Manfred. „Elaine, ich lade dich im August nach Berlin ein. Ich freue mich auf dich. Sprich alles mit Familie Weiß ab. Sage ihnen, dass du im August Urlaub haben möchtest." Ich konnte es nicht glauben. Manfred lädt mich nach Berlin ein. Nach Berlin, die Stadt mit dem Brandenburger Tor. Ich wollte immer nach Berlin. Diese Einladung war wie ein Traum. Ich hatte sofort tausend Ideen, was ich alles in Berlin machen und sehen wollte. Als wir uns wieder in unserer Lieblingsbar trafen, bedankte ich mich sehr bei Manfred. Ich zählte alle meine spontanen Aktionen auf, die ich mit ihm in Berlin machen wollte. Manfred lachte, er werde versuchen, alles zu ermöglichen. Ich sagte ihm, dass ich mir im Internet schon viele Orte in Berlin angesehen hätte. Ich sagte ihm auch, dass wir sehr viele Fotos machen würden. Ich hatte die Idee, später ein kleines Album über diese Reise anzufertigen. Ich ging glücklich schlafen.

Manfred organisierte die Reise. Susanne stimmte zu. Ich solle mir Berlin ansehen. In Berlin gäbe es viel zu sehen. Ich sagte Manfred, dass ich gerne in der Zeit in Berlin eine Sprachschule besuchen möchte. Manfred meldete mich in einer Sprachschule für einen zweiwöchigen Intensivkurs in Deutsch an. Die Idee von Manfred war, dass wir in den zwei Wochen viel gemeinsam besprechen könnten. Er freute sich, dass ich käme. Er freute sich, dass wir uns das erste Mal wirklich gegenüberstehen würden. Er freute sich darauf, mir seine Familie und besonders seine Tochter vorzustellen. Er nannte seine Tochter immer Lieblingstochter. Er schickte mir die Flugtickets. Ich konnte es nicht glauben. Ich würde nach Berlin fliegen.

Es ging los. Der Flug ging von Köln nach Berlin. Vicente holte mich mit seinem Auto ab. Wir fuhren nach Köln. Ich hatte meinen grünen Koffer gepackt, mit dem ich nach Deutschland kam. Ich war aufgeregt. Wie war Manfred wirklich? Es war 12:30 Uhr als wir auf dem Flughafen Köln/Bonn ankamen. Ich verabschiedete mich von Vicente. Er wünschte mir eine gute Reise. Ich solle mir Berlin ansehen. Berlin wäre eine Stadt, die mir gefallen würde.

Ich rief Manfred an, um ihn zu fragen, wo ich hingehen müsse. Ich war in der Abflughalle und suchte das Gate zum Check-in. Ich musste meinen Koffer abgeben. Ich hatte noch eine kleine Tasche als Handgepäck. Oh, Gott ich musste auf die Toilette mit meinem großen Koffer. Manfred lachte am Telefon. Er sagte: „Bis später." Nachdem ich meinen Koffer aufgegeben hatte, war ich schon ruhiger. Alles war in Ordnung mit meinem Flugticket und mit meinem kolumbianischen Pass. Das war immer meine größte Sorge. Ich wurde sehr lange in der Sicherheitskontrolle kontrolliert. Ich musste in eine Kabine, wo eine Frau meinen Körper untersuchte. Natürlich war alles in Ordnung. Ich rief Manfred an. Ich sagte ihm, dass ich durch die Sicherheitskontrolle gegangen sei. Er gratulierte mir. Er sagte, jetzt sei alles in Ordnung. Ich könnte mich beruhigen. Ich solle einen Kaffee trinken. Ich kaufte mir eine kleine Flasche Mineralwasser. Ich konnte nichts essen. Eine Stimme aus dem Lautsprecher rief alle Passagiere zum Gate für den Flug Air Berlin AB 6500 nach Berlin. Meine Hände wurden kalt. Ich hatte etwas Flugangst. Ich stieg ins Flugzeug und setzte mich auf meinen Platz. Ich hatte einen Fensterplatz. Das Flugzeug startete um 14:50 Uhr.

Das Flugzeug landete um 16 Uhr auf dem Flughafen Berlin-Tegel.

Ich war in Berlin. Der Flug war ruhig. Ich sah oft aus dem Fenster, um mir Deutschland anzusehen. Der Flughafen war kleiner als der in Köln. Ich wartete auf meinen Koffer. Manfred konnte ich noch nicht sehen. Ich war so aufgeregt. Wann kommt endlich mein Koffer? Er kam, ich nahm ihn schnell vom Förderband und jetzt zum Ausgang.

Eine automatische Schiebetür öffnete sich. Da stand Manfred. Ich lachte, ich war so glücklich. Manfred lachte auch. Wir umarmten uns. Er sagte: „Elaine, willkommen in Berlin!" und „Du bist etwas größer als ich." Er stellte mir seine Frau vor. Er nahm meinen Koffer. „Du hast Glück, heute scheint die Sonne." Das hatte ich auch erst in Deutschland kennengelernt, dass man über das Wetter redet. In Kolumbien redete niemand über das Wetter. Wir gingen zum Auto. Wir fuhren über eine Autobahn, die in der Stadt war. Manfred erklärte mir, dass dies die Stadtautobahn sei. Ich rief Marco an. Ich sagte ihm, dass ich in Berlin wäre und in wenigen Minuten im Haus von Manfred ankäme. Marco war der einzige in Kolumbien, den ich manchmal anrief. Marco hatte mir oft in Kolumbien geholfen.

Wir kamen an. Manfred wohnte im Süden von Berlin. In seiner Wohngegend gab es viele Bäume. Sie sah hübsch aus. Ich wunderte mich, dass es in einer so großen Stadt wie Berlin solche hübschen Wohngegenden gab. Manfreds Wohnung war sehr groß. Er hatte kein eigenes Haus. Seine Wohnung gefiel mir. Sie hatte vier Zimmer, eine Küche, ein Flur und ein Badezimmer mit Dusche und Badewanne. Seine Frau zeigte mir mein Zimmer. Ich war sehr glücklich. Es gab auch einen Balkon.

Nachdem ich mich geduscht hatte, zeigte mir Manfred sein Arbeitszimmer mit dem Tisch, den ich immer sah, wenn wir in unserer Lieblingsbar „Skype" waren. Seine Frau hatte einen großen Schreibtisch. Ich sah die Gitarre von Manfred. Viele Bücher standen in einem großen Wandregal, das eine ganze Wand breit war. Seine Tochter begrüßte mich auch. Wir saßen auf dem Balkon. Ich erzählte über meine Arbeiten als Au-pair, über das Haus, etwas über die Kinder der Familie Weiß. Wir gingen am Abend in einem schönen Restaurant essen. Manfred erzählte über die Möglichkeiten, die ich in Deutschland hätte. Manfred machte viele Späße. Wir mussten alle so lachen. Manfred trank viel Kaffee. Ich sprach Deutsch und Spanisch.

Am nächsten Tag fuhren wir mit dem Bus zur Sprachschule. Ich bekam meine Lehrbücher. Ich war zufrieden. Seit ich die Idee hatte, in Deutschland zu leben, lernte ich Deutsch. Die Sprachschule gefiel mir. Hier waren viele junge Menschen aus verschiedenen Ländern. Wir fuhren wieder zurück, um die Lehrbücher in der Wohnung abzulegen. Manfred sagte mir, dass er eine Überraschung für mich habe.

Ich fuhr das erste Mal in der Berliner U-Bahn. Es war beeindruckend. Leider konnten wir keine Fotos machen. Wir hatten keinen Fotoapparat. Wir brauchten einen Fotoapparat. Wir sprachen über die Dinge, die wir alle noch bräuchten: Fotoapparat, Smartphone, iPhone, Sonnenbrillen, Schuhe, Taschen und vieles mehr. Wir machten eine Einkaufsliste. Natürlich nur so aus Spaß aber vielleicht doch nicht nur zum Spaß. Wir mussten umsteigen. Die andere U-Bahnlinie fuhr als Hochbahn. Ich sah Berlin. Die Stadt beeindruckte mich. Ich sagte zu Manfred, hier will ich leben. „Ja, bestimmt", antwortete Manfred.

Wir kamen an. Wir stiegen in einem unterirdischen Bahnhof aus. Wir gingen eine Treppe hoch. Manfred sagte: „Mach die Augen zu, bis ich dir sage, dass du sie wieder öffnen kannst." Ich lachte. Wir gingen Hand in Hand etwas zu Fuß. „Mach die Augen auf!", sagte Manfred. Es überwältigte mich, was ich jetzt sah. Ich rief: „Das Brandenburger Tor, das Brandenburger Tor!" Ich viel Manfred um den Hals. Hier wollte ich immer sein. Ich habe dieses Tor oft im Internet gesehen. Das Brandenburger Tor wurde zu meinem Symbol für meinen Weg, um in Deutschland zu leben. Es war riesig. Es schien die Sonne. Ich war richtig glücklich. Ich war mit Manfred am Brandenburger Tor. Manfred umarmte mich. „Wir werden hier öfters sein", sagte er.

*Manfred mit seinem Kaffee
und ich am Brandenburger Tor*

Wir gingen durch einen Park zum Potsdamer Platz. Wir sprachen viel. Ich hatte plötzlich so viele Ideen. Manfred bremste mich manchmal, indem er sagte, wir könnten nicht alles gleichzeitig machen. Wir wären immer noch auf der Suche nach einem Platz für das Freiwillige Soziale Jahr. Der Potsdamer Platz war großartig. Hier gab es Hochhäuser. Manfred sagte lachend, das wären die Wolkenkratzer von Berlin. Hier stand auch ein Teil der Berliner Mauer. Viele Touristen machten Fotos. Wir gingen in einem Steakhouse essen. Manfred sagte, sehr wichtig sei, dass ich Deutsch lernen müsse. Ich sollte das sehr ernst nehmen. Die deutsche Sprache wäre mein Schlüssel zum Erfolg. „Ja, bestimmt", sagte ich.

Am nächsten Tag begann mein Sprachunterricht. Manfred begleitete mich. Der Unterricht war sehr gut. Ich bemerkte, dass ich viel lernen müsste. Ich hatte mich in einen Kurs für ein hohes Sprachniveau eingetragen. Ich wollte wissen, ob ich es verstehen würde. Manfred holte mich ab. Ich erzählte vom Kurs und dass dieser sehr schwer wäre. Wir gingen einen Kaffee trinken. Manfred trank viel Kaffee. Ich trank einen Tee. Heute Abend wollte ich bei Manfred zu Hause etwas kochen. Wir gingen einkaufen. Ich kochte ein Reisgericht. Manfreds Frau war begeistert. Sie sagte so hätte sie den Reis noch nie zubereitet. Ich erklärte ihr, wie ich Reis kochte.

Ein paar Tage später fuhren wir zu einer anderen Sprachschule. Sie bot Sprachkurse für ein Jahr an. Diese Sprachkurse waren für ausländische Studenten, die in Deutschland studieren wollten. Nach diesem Gespräch wussten wir Bescheid, dass das nicht mein Weg sein würde. Ich bräuchte jemanden, der für mich bürgt und der viel Geld auf ein Sperrkonto einzahlen müsste. Die Geldsumme war für Kolumbianer viel zu hoch. Ich sprach dennoch mit jemanden in Kolumbien, ob er dazu bereit wäre. Er sagte aber nein.

Meine Zeit mit Manfred genoss ich. Ich fühlte mich nach langer Zeit wieder sehr gut. Ich fühlte mich wohl. Manfred zeigte mir etwas von Berlin, wir gingen essen, wir ruhten uns aus. Manfred sagte, dass ich im Oktober nochmal nach Berlin kommen solle. Der Herbst wäre eine wunderschöne Zeit in Berlin. Wir planten unsere nächste gemeinsame Zeit. Sehr wichtig war, dass wir einen Fotoapparat und moderne Handys haben müssten. Manfred sagte, dass er versucht, für uns Smartphones günstig zu kaufen. Ich wollte selbstverständlich ein iPhone.

Ich ruhte mich in Berlin aus. Alles war so schön hier. Die Zeit verging. Ich hatte vergessen, dass ich wieder zurückfahren musste. Manfred sagte, dass wir uns in ein paar Wochen in Köln treffen könnten. Wir würden einen Tag in Köln verbringen und einkaufen gehen. Wir lachten. Einen langen Einkaufszettel hatten wir schon.

Ich packte meinen Koffer. Am nächsten Tag würde ich wieder zurückfliegen. Ich war traurig. Wir gingen an diesem Abend mit Manfreds Familie essen. Wir stießen auf mein Leben und auf meine Ideen an. Manfred war sich sicher, dass alles möglich sei. Er hatte nie Zweifel. Ich glaubte ihm. Der nächste große Schritt wäre der Platz für ein Freiwilliges Soziales Jahr, das wussten wir jetzt. Ich hatte viel gesehen in Berlin. Selbstverständlich noch nicht alles von Berlin. Ich wusste, dass ich im Oktober wieder hier sein werde. Ich wusste, dass ich Manfred bald in Köln wiedersehen würde. Ich war voller Hoffnung.

Manfred fuhr mich mit seinem Auto zum Flughafen Berlin-Tegel. Es war 10 Uhr. Wir wollten beide auf dem Flughafen frühstücken. Ich weinte. Manfred nahm mich in seine Arme. Ich solle immer stolz auf mich sein, sagte er. Er bewundere mich, wie viel Energie ich hätte. In den nächsten zwei Monaten wollte er einen Platz für das Freiwillige Soziale Jahr finden. Das wäre sein Ziel. Wir gingen noch durch die kleinen Geschäfte im Flughafen. Wir sahen uns Uhren an. Manfred trank noch einen Kaffee. Ich sagte ihm, dass so viel Kaffee nicht gesund wäre. Ich sagte ihm, dass er auf sich aufpassen solle. Er lachte und nickte. Es kam der Aufruf zur Abfertigung für den Flug. Meinen Koffer hatte ich schon eingecheckt. Ich umarmte Manfred. Ich kämpfte mit meinen Tränen. Ich glaube Manfred kämpfte auch mit seinen Tränen. Ich ging durch die Sicherheitskontrolle. Manfred konnte mich noch sehen. Manfred, der immer eine rote Hose trug. Ich winkte ihm zu. Er winkte zurück. Ich stieg ein. Der Flug Air Berlin AB 6499 stieg pünktlich um 13:10 Uhr in den Himmel. Ich flog über Berlin Richtung Köln. Ich dachte an Manfred.

Mein Weg führte über ein Freiwilliges Soziales Jahr

Manfred hatte viel Humor. Die zwei Wochen mit ihm waren wunderbar. Manfred war meine Sonne im Leben. Ich fühlte mich gut. Ich war mir sicher, mit Manfred würde ich es schaffen, ein Freiwilliges Soziales Jahr in Deutschland zu machen. Ich war voller Hoffnung.

In einer Stunde war ich wieder in Köln. Vicente wartete schon auf mich. Er holte mich ab. Vicente war ein fröhlicher Mensch. Im Auto redeten wir über unseren Sprachkurs. Vicente besuchte keinen weiteren Deutschkurs. Er sagte mir, seine Frau ginge auch bald in Rente und dann würden beide wieder nach Spanien zurückgehen. „Ja, mit mir", sagte ich lachend.

Erik und Miriam begrüßten mich. Ich war wieder zurück. Die Kinder freuten sich. Beim Abendbrot erzählte ich, was ich in Berlin gesehen hatte. Susanne kannte Berlin. Meine Erzählung auf Deutsch war einigermaßen grammatisch richtig. Susanne sagte, dass ich schon gut Deutsch sprechen würde. Ich hatte schon viel mit dem Deutschkurs gelernt, den mir Manfred geschenkt hatte. Mir fiel ein, wie lange ich meinem Vater Geld für diesen Laptop zurückzahlen musste.

In unserer Lieblingsbar „Skype" sprachen wir über unsere gemeinsamen Tage in Berlin. Manfred wollte, dass ich in einfachen Sätzen über einen Tag berichtete. Ich sollte in der Gegenwart und in der Vergangenheit berichten. Manfred sagte, dass die Deutschen vorwiegend das Perfekt benutzen würden, wenn sie über Vergangenes erzählten. Ich lernte gerne Deutsch mit Manfred. Wir planten unseren Tag in Köln und überlegten, was wir alles für meinen nächsten Besuch in Berlin bräuchten. Ich sollte eine Einkaufsliste schreiben und sie zur Korrektur in die Webcam halten. So war unser Fernunterricht.

Manfred schrieb, dass er mich bei einigen Institutionen für das Freiwillige Soziale Jahr beworben hatte. Er wartete auf die Antworten. Er hatte einen Lebenslauf und einen Bewerbungstext geschrieben. Er las mir die Bewerbung in unserer Lieblingsbar vor. Jeden Tag arbeitete Manfred daran einen Platz für mich zu finden. Er bewarb mich bei dreizehn Institutionen.

Die ersten Institutionen bedauerten leider, dass sie mich nicht nehmen könnten, weil in ihren Unterkünften keine Zimmer frei wären. Sie schrieben, dass ich mich zu spät beworben hätte. Sie könnten aber meine Bewerbung für das nächste Jahr berücksichtigen. Diese Nachrichten beunruhigten mich. Manfred schrieb immer, ich sollte mir keine Sorgen machen. Nicht alle Institutionen hätten schon geantwortet. Ich sagte ihm, dass ich besorgt sei. Die Zeit verging. Ich hatte das Gefühl, dass die Zeit immer schneller verging. In unserer Lieblingsbar übten wir Vorstellungsgespräche.

Ich ging tagsüber mit den Kindern spazieren oder spielte mit ihnen auf Spielplätzen. Es war Sommer. Ich genoss die Sonne. Die Sonne hatte mir im Winter sehr gefehlt. Die lange Dunkelheit im Winter machte mich etwas depressiv. Ich ging mit den Kindern einkaufen und manchmal ein Eis essen. Die Kinder lenkten mich ab, sodass ich nicht immer an meine Zukunft dachte. Erik und Miriam räumten ihr Zimmer auf. Das hatte ich ihnen beigebracht. Ich freute mich darüber. Ich hatte jetzt meine Arbeiten im Haus gut organisiert. Susanne war sehr zufrieden mit mir. Berndt veränderte sich kaum. Er redete nicht viel mit mir. In den ersten Monaten machte ich mir noch Gedanken darüber. Bald sagte ich mir, wenn er so ist, dann ist er so.

Am Abend dachte ich an Paul. Der Student aus Hamburg. Er hatte mich vor drei Jahren nach Hamburg eingeladen. Ich lebte zu dieser Zeit in Bogotá. Paul wusste, dass ich eine Familie gefunden hatte, die mich als Aupair einlud. Ich hatte ihm das mitgeteilt als ich noch in Kolumbien war. Er hatte sich gefreut. Die Arbeit als Aupair war seine Idee. In den ersten Monaten in Deutschland schrieb ich Paul, dass ich jetzt in Rheinland-Pfalz wäre. Ich schickte ihm ein dickes Dankeschön. Ich sagte ihm, dass ich ihn besuchen wolle. Er müsste mir nur sagen, wie ich nach Hamburg käme. Paul zögerte. Er antwortete, dass er viel Stress hätte. Er stünde kurz vor seinem Universitätsabschluss. Allmählich hörte Paul auf, mir zu antworten. Er teilte mir nie den Grund mit. Ich war darüber sehr traurig. Vielleicht hatte ich etwas falsch gemacht. Der Kontakt zu Paul brach ab.

Diesmal fuhr mich Isabell nach Köln. Manfred kam um 10 Uhr auf dem Kölner Hauptbahnhof an. Ich wartete auf dem Bahnsteig. Manfred stieg aus. Er hatte wieder seine rote Hose an. Ich umarmte ihn. „Jetzt geht es los!", sagte er. Er gab mir ein kleines Geschenk. Eine kleine Schachtel, die sehr schön eingepackt war. Wir gingen auf dem Bahnhof einen Kaffee trinken. Ich packte das Geschenk aus. „Ein iPhone!", schrie ich. Ich umarmte Manfred. Ich konnte es nicht glauben. Manfred erzählte, dass er das iPhone gebraucht gekauft hätte. Die zweite Überraschung war, dass ich es auch gleich benutzen konnte. „Voll cool!", sagte ich. Ich wusste es, Manfred ist vollkommen verrückt. Die dritte Überraschung war, Manfred hatte sich auch ein gebrauchtes iPhone gekauft. Wir lachten beide. In einem Fast-Food Restaurant hatten wir WiFi, sodass wir gleich WhatsApp installierten. Manfred sagte, dass wir nun gute Fotos in Köln machen könnten.

Es schien die Sonne. Es war ein herrlicher Tag. Der Kölner Dom war unser erstes Motiv. Manfred sagte, „Heute vergessen wir alles, wir sind in Köln!" Wir gingen in den Dom hinein. Ich war beeindruckt. Ich zündete eine Kerze an und sprach still mit Gott. Manfred zündete auch eine Kerze an. Was er wohl in diesem Moment dachte? Wir gingen am Rheinufer spazieren. Ich machte viele Fotos von der berühmten grünen Rheinbrücke, die Hohenzollernbrücke. Ich hatte noch nie so eine große Brücke gesehen. Später gingen wir in einem schönen Restaurant essen. Steak mit Pommes frites. Wir beiden tranken sogar ein Kölsch, obwohl Manfred nur alkoholfreies Weizenbier oder Kaffee trank. In der Kölner Fußgängerzone machten wir unsere Shopping-Tour. Ich probierte Schuhe, Mützen, Jacken an. Wir sahen uns Uhren und Schmuck an. Ich setzte Sonnenbrillen auf und schaute mir Handtaschen an. Manfred war mein Berater. Wir lachten viel. Manfred machte Fotos von mir, wenn ich etwas Neues anzog oder ausprobierte. Manfred kaufte mir eine wunderschöne Jacke. Ich war so glücklich. Es war ein sorgenfreier Tag. Manfred brachte mich am Abend mit einem Mietwagen zurück. Wir gingen in ein kleines Restaurant und redeten über unsere Eindrücke in Köln. Manfred nahm noch einen Kaffee. Ich sagte ihm, dass er nicht so viel Kaffee trinken solle. Er lachte. Wir verabschiedeten uns. Ich umarmte ihn. Innerlich wollte ich nicht, dass er geht. „Bis bald in Berlin, Elaine." Sagte er. „Bis bald." Sagte ich.

Mein normales Leben begann wieder am nächsten Tag. Die Kinder hatten schlechte Laune. Sie stritten sich. Susanne und Berndt waren auf der Arbeit. Ich machte das Haus sauber und hörte Musik aus Kolumbien. Am Nachmittag sah ich mir die Bilder aus Köln an. Ich trank einen Tee und sah aus dem Fenster im Wohnzimmer. Ich sah den Garten, die Blumen und dachte, bald ist September. Ich hoffte so sehr, dass Manfred es schaffen würde, einen Platz für das Freiwillige Soziale Jahr zu finden. Ich nannte Manfred jetzt meinen verrückten Sekretär. Ich bewunderte Manfred, wie er alles organisierte und seine Art, Briefe zu schreiben.

Ich lag im Bett. Manfred schrieb: „Bist du noch wach?" „Ja", antwortete ich. „Wie war dein Tag?", fragte er. „Normal", antwortete ich. Manfred schrieb: „Wir haben es geschafft!" „Was haben wir geschafft?" „Du hast ein Vorstellungsgespräch für ein Freiwilliges Soziales Jahr!" „Oh, mein Gott. Manfred, du hast es geschafft!" „Ja, cool, oder?" „Ja, voll cool. Mein verrückter Sekretär!". Manfred lachte. Ich hatte Tränen in den Augen. Sofort trafen wir uns in unserer Lieblingsbar. Manfred erzählte mir alles. Ich war so aufgeregt. Ein großer Verein, der sich um behinderte Kinder und Jugendliche kümmerte, hatte mich zu einem Vorstellungsgespräch eingeladen. Das Kinder- und Jugendheim war in der Nähe von Köln. Manfred sagte, dass wir das Vorstellungsgespräch üben würden. Wir hätten noch zehn Tage Zeit. Ich war so erleichtert. Manfred hatte es ermöglicht. Manfred war großartig. Ich betete. Ich fühlte, dass ich keine Angst mehr hatte. Ich machte meine Augen zu und schlief.

Ich stand früh auf, weil ich heute mein Vorstellungsgespräch hatte. Ich musste nach Köln, um von dort mit der

Bahn zum Kinder- und Jugendheim zu fahren. Ein Mitarbeiter des Kinder- und Jugendheimes würde mich vom Bahnhof abholen. So war alles vereinbart. Isabell fuhr mich nach Köln. Sie half mir beim Kauf der Bahnfahrkarten. Die Fahrkartenautomaten waren nicht einfach zu bedienen. Isabell wünschte mir viel Erfolg. Wir hatten vereinbart, dass sie mich am Abend wieder abholen würde. Der Zug kam. Ich stieg ein. Ich informierte meinen verrückten Sekretär, dass ich im Zug wäre. Manfred sollte sich keine Sorgen machen. Ich übte das Vorstellungsgespräch. Ein Mitarbeiter wartete schon auf mich. Wir begrüßten uns. Er war sehr freundlich. Er fragte mich, ob ich Deutsch spräche. „Ja, etwas", antwortete ich. Er sagte mir, dass er die Lebensmittel und andere Sachen für das Kinder- und Jugendheim einkaufen würde. Das wäre sein Job. Er fragte mich, woher ich käme. Während der Fahrt erzählte ich etwas über Kolumbien. Ich hatte schon bemerkt, dass Kolumbien für die Deutschen ein interessantes Land war.

 Ich wartete in einem gemütlich eingerichteten Zimmer auf den Heimleiter. Im Zimmer stand eine große Pflanze. „Bienvenidos", sagte der Heimleiter als er mich begrüßte. Der Heimleiter konnte Spanisch sprechen. Ich konnte es nicht glauben. Plötzlich war meine Anspannung weg. Was für ein Glück! Der Heimleiter erzählte mir, dass er lange in Südamerika lebte und arbeitete. Kolumbien kenne er aber nicht. Ich erzählte ihm etwas über Socorro und Bogotá. Er hörte interessiert zu. Meine Entscheidung nach Deutschland zu kommen, nannte er mutig. Ich sollte ihm etwas über meine Arbeit als Au-pair erzählen. Er war sehr sympathisch.

 Nach dem Gespräch zeigte mir eine Frau das Heim. Es war sehr groß. Ich sah die Kinder und Jugendlichen.

Die Frau sprach nur Deutsch. Sie war sehr nett. Sie zeigte mir den Bereich, in dem ich arbeiten würde. Die Jugendlichen waren nicht älter als 16 Jahre. Sie begrüßten mich. Die Jugendlichen waren sehr lieb und neugierig. Ein Kind umarmte mich. Am Ende des Rundganges zeigte mir die Frau mein Zimmer. Es war klein. Im Zimmer stand ein Bett, ein Schrank, ein Tisch, ein Stuhl. Es hatte auch ein Bad. Ich bedankte mich bei der Frau, die mich zurück ins Wartezimmer der Heimleitung begleitete. Nach wenigen Minuten kam der Heimleiter lächelnd auf mich zu. „Hat Ihnen das Heim und die Kinder gefallen?" „Ja, sehr. Ich würde mich freuen, bei Ihnen zu arbeiten", sagte ich. Ich bekam den Platz. Ich bedankte mich sehr beim Heimleiter. Ich sollte am ersten Januar anfangen. Meinen Vertrag würde ich mit der Post erhalten.

Ich rief Manfred an. Ich erzählte ihm von meinem Glück, dass ich den Vertrag hatte und dass der Heimleiter Spanisch sprach. Manfred war auch sehr glücklich. Ich merkte das an seiner Stimme. Ich fuhr nach Köln. Es war schon spät am Nachmittag. Isabell fragte neugierig: „Und?" „Ich habe die Stelle. Ich kann ein Freiwilliges Soziales Jahr machen. Voll cool." „Ja, Gratulation, ich freue mich sehr für dich", sagte Isabell. Im Auto erzählte ich wie alles war. Isabell lachte als sie hörte, dass der Heimleiter Spanisch sprach. Sie wusste, dass ich viel für das Vorstellungsgespräch geübt hatte.

Susanne gratulierte mir auch. Sie freute sich. Berndt sagte nichts. Ich hatte mich schon daran gewöhnt. Manfred hatte mir eine E-Mail geschrieben. Ich las sie. Er schrieb, dass wir nun viel organisieren und beantragen müssten. Ich bräuchte eine Krankenversicherung, eine Lohnsteuerkarte, ein Bankkonto und eine neue Aufenthaltserlaubnis. „Ja, mein verrückter Sekretär", antwortete ich. Am Abend sprachen wir über die Dinge, die nun wichtig waren. Wir hatten noch drei Monate, dann war das Jahr vorbei.

Als ich den Vertrag vom Kinder- und Jugendheim aus dem Briefkasten holte, war ich mir sicher, dass alles weitergehen würde. Ich konnte in Deutschland bleiben. Manfred hatte schon mit der Ausländerbehörde in der Kreisstadt gesprochen. Die Ausländerbehörde bestätigte, dass ich eine Aufenthaltsgenehmigung für ein Freiwilliges Soziales Jahr bekommen würde. Ich müsste nur den Vertrag vorlegen. Es war Anfang November. Ich ging zur Ausländerbehörde. Die Mitarbeiterin begrüßte mich. Sie hatte mir vor einigen Monaten den Hinweis auf das Freiwillige Soziale Jahr gegeben. Sie kannte mich. Sie prüfte den Vertrag vom Kinder- und Jugendheim. Wir verabschiedeten uns. Sie sagte mir, dass ich in vier Wochen meine neue Aufenthaltsgenehmigung abholen könne. Ich konnte in Deutschland bleiben. Ich war richtig glücklich. Manfred hatte in sechs Monaten alles geschafft, was er mir versprochen hatte. Unglaublich!

Ich holte meine neue Aufenthaltserlaubnis ab. Es war Anfang Dezember. Es hatte geschneit. Mein zweiter Winter in Deutschland. Ich liebte den Schnee, obwohl es sehr kalt war. Ich baute mit den Kindern einen Schneemann. Der Schnee lag so hoch, dass ich beim Laufen richtig tief mit meinen Stiefeln einsackte. Die Stiefel hatte mir Manfred vor Monaten gekauft.

Ich schickte Manfred ein Bild von meiner Aufenthaltserlaubnis. „Alles klar!", antwortete er. Ich war bereit für das Freiwillige Soziale Jahr. Manfred lud mich nach Berlin ein. Er sagte, ich solle ab Mitte Dezember bei ihm wohnen. Er freute sich, mit mir Weihnachten zu feiern. Er freute sich auf unseren gemeinsamen Erfolg.

Ich sprach mit Susanne, dass ich Mitte Dezember nicht mehr als Au-Pair bei ihr arbeiten würde. Susanne gefiel das nicht. Sie stimmte dennoch zu. Mein Au-pair-Vertrag endete sowieso am Jahresende. Susanne hatte das irgendwie vergessen. Sie überlegte, ob sie wieder ein Au-pair nehmen sollte. Am letzten Tag saßen wir zusammen und redeten über meine Zeit. Susanne und die Kinder fanden mich als Au-pair sehr gut. Sie sagten, sie würden mich vermissen. Manfred hatte mir mein Flugticket nach Berlin geschickt. Alles war vorbereitet. Ich räumte mein Zimmer auf. Ich packte meinen Koffer. Ich musste noch zwei Pakete packen, weil nicht alle meine Sachen in meinem Koffer passten. Ich lachte. Ich hatte schon mehr Sachen als ich aus Kolumbien mitbrachte. Manfred sagte, ich solle den Koffer und die Pakete mit der Post nach Berlin schicken. Es kam die letzte Nacht bei Familie Weiß. Ein Paketdienst hatte vor drei Tagen mein Gepäck abgeholt. Morgen würde ich wieder in Berlin sein. Ich freute mich auf meinen verrückten Sekretär. Ich dachte an Erik, Mike und Miriam. Sie hatten mir viel Freude gemacht.

Ich feierte Weihnachten in Berlin und Silvester in Bonn

Vicente holte mich bei Familie Weiß ab. Es war sehr früh am Morgen. Ich umarmte Susanne. Ich umarmte Erik und Miriam. Die kleine Mike schlief noch. Ich sagte Susanne, sie solle ihr später ein Küsschen von mir geben. Der Abschied viel mir schwer. Ich wusste, dass mir Familie Weiß meinen Traum, nach Deutschland zu kommen, ermöglicht hatte. Familie Weiß würde immer in meinem Herzen bleiben. Die Lebenschance, die mir Familie Weiß ermöglicht hatte, würde ich niemals in meinem Leben vergessen. Ich sagte das auch Susanne. Wir verabschiedeten uns. Susanne wünschte mir viel Erfolg. Sie umarmte mich ein letztes Mal. Sie sagte, sie hoffe, dass wir uns einmal wiedersehen würden.

Vicente wartete schon im Auto. Er wunderte sich, dass ich kein Gepäck hatte. Ich sagte ihm, dass ich als Kolumbianerin nichts hätte. Das wäre normal. Wir lachten. Ich erzählte ihm, dass mein Gepäck schon in Berlin war.

Die Fahrt zum Flughafen Köln/Bonn dauerte etwas länger. So früh am Morgen lag noch viel Schnee auf der Landstraße. Vicente musste deshalb langsamer fahren als sonst. Vicente erzählte mir, dass in seinem Heimatort in Spanien auch Schnee liegen würde. Vicente und seine Frau Dulce waren sehr gute Freunde von mir geworden. Ich besuchte sie immer, wenn ich konnte. Ich fühlte mich immer wohl bei ihnen. Ihre spanische Lebensart erinnerte mich immer etwas an mein Leben in Kolumbien. Insbesondere schmeckte mir immer ihr spanisches Essen. Manchmal kochte ich bei ihnen auf meiner kolumbianischen Art.

Wir sprachen über unsere gemeinsame Zeit. Vicente war ein fröhlicher und zufriedener Mensch. Er war gar nicht traurig, dass ich nun den Ort verließ. Er sagte, dass er sich freue, dass mein Weg in Deutschland weiterginge. Er war sich sicher, dass wir uns später einmal wiedersehen würden. Seine Freude blies meine melancholische Stimmung weg. Seine Freude, seine positive Einstellung taten mir in diesem Moment sehr gut.

Ich stieg aus. Vicente umarmte mich. Er wünschte mir, dass meine Arbeit mich glücklich mache. Er freute sich, dass ich meinen Weg weiterginge. Er sagte mir, dass wir uns wiedersehen würden. Ich dankte ihm. Er solle Dulce von mir umarmen. Ich würde ihnen schreiben, wenn ich in Berlin wäre.

Ich informierte mich, von welchem Flugsteig mein Flug abfliegen würde. Es war 8:30 Uhr. Ich kannte schon den Flughafen Köln/Bonn, sodass ich nicht so aufgeregt war wie beim ersten Mal. Ich musste zum Terminal 2 laufen. Ich informierte Manfred. Er war zu Hause. Er hatte schon Urlaub. Ich aß eine Quarktasche und trank eine heiße, weiße Schokolade. Es war angenehm, dass ich kein Gepäck hatte. Manfreds Vorschlag, das Gepäck mit der Post zu schicken, war genial.

Ich war im Flugzeug. Ich machte ein Foto, das ich Manfred schickte. Mein Flug AB 6494 startete pünktlich um 10 Uhr. Es ging los. Ich war jetzt doch aufgeregt. In einer Stunde würde ich Berlin sein und in zehn Tagen mein erstes Weihnachten mit Manfreds Familie feiern. Ich erinnerte mich an meine Sorgen, dass ich nach Kolumbien zurückgehen müsste. Ich erinnerte mich an die Freude als ich Manfred kennenlernte. Ich erinnerte mich, dass ich überglücklich war als Familie Weiß mich als Au-pair nach Deutschland einlud. Ich erinnerte mich an den Tag als Manfred mir schrieb, dass er eine Stelle für das Freiwillige Soziale Jahr gefunden hatte.

Ich landete in Berlin. Manfred wartete schon. Er umarmte mich. Er hatte einen Kaffeebecher in der Hand und wieder seine rote Hose an. Ich sagte ihm, er solle sich eine neue Hose kaufen. Er lachte und sagte, dass ich sehr sportlich aussähe. „Bestimmt", antwortete ich.

Ich begrüßte seine Frau und seine kleine Tochter. Sie hießen mich willkommen. Ich duschte erstmal. Ich wohnte nun bei Manfred. Er hatte eine große Wohnung, die ich ja schon kannte. Seine Frau und er hatten ihr Schlafzimmer für mich vorbereitet. Ich freute mich. Es sah hübsch aus. Mein Koffer und meine Pakete standen schon im Zimmer. Ich setzte mich auf das Bett und ruhte mich kurz aus. Zwischenstation, dachte ich. Aber eine schöne Zwischenstation. Ich wusste, dass ich bei Manfred meine Ruhe hatte. Kein Stress. Etwas Erholung, die ich brauchte. Ich schlief ein.

Am Nachmittag gingen wir spazieren. Manfred zeigte mir seine Wohngegend. Hier lag viel Schnee. Die große Hauptstraße hatte schon Weihnachtsbeleuchtung, die wunderschön aussah. Ich kaufte mir ein paar kleine Sachen in der Drogerie, die ich so brauchte. Manfred kaufte sich einen Kaffee. Ich hatte noch nie einen Menschen getroffen, der so viel Kaffee trank. Ich sagte ihm immer, dass er auf seine Gesundheit achten müsse. Am Abend gingen wir alle in einem Restaurant essen. Wir feierten meinen Erfolg.

Ausruhen in Berlin, das war unmöglich. Ich wollte die Stadt kennenlernen. Meine Stadterkundung begann damit, dass Manfred einen Besuch im Reichstagsgebäude gebucht hatte. Ich wollte unbedingt die große Glaskuppel sehen. Ich wollte Marco Fotos von der Kuppelkonstruktion schicken. Die Kuppel war großartig. Die vielen Spiegel, die das Licht in den Plenarsaal leiten sind beeindruckend. Wir machten auch Fotos auf dem Dach des Reichstagsgebäudes. Ich stand auf dem Dach des deutschen Parlaments im Schnee und hinter mir wehte die deutsche Fahne. Ein sehr bedeutsames Foto, fand ich.

Wir besuchen auch mein Brandenburger Tor. Das Brandenburger Tor hatte ich mir immer in Socorro im Internet angesehen und träumte davon, einmal im Leben davor zu stehen. Deshalb nannte ich es „Mein Brandenburger Tor". Ich musste es immer besuchen, wenn ich in Berlin war.

Manfred hatte für die nächsten Tage viele schöne Orte ausgesucht, die er mir zeigen wollte. Er war immer sehr organisiert. Das gefiel mir. In Kreuzberg gingen wir spazieren und aßen in einem sehr guten griechischen Restaurant ein Garnelen Gericht. Mit Manfred lernte ich in dieser Zeit viele europäische Speisen in vielen Restaurants kennen. Wir speisten manchmal auch im KaDeWe, das berühmte Kaufhaus in Berlin. Hier bummelten wir oft durch die Abteilungen und manchmal kauften wir auch etwas. Das KaDeWe wurde zu meinem Lieblingskaufhaus. Ich konnte hier den reinen Luxus sehen, anprobieren und anfassen. In Kolumbien war so etwas nicht möglich. Manfred sagte, dass wir irgendwann etwas Luxuriöses für mich kaufen würden. Ich stellte mir sofort eine Brille, eine Uhr, ein Halsband, eine Tasche, ein Paar Schuhe oder ein wunderschönes Kleid vor. Ich war schon immer etwas verrückt.

Das Schloss Charlottenburg war wundervoll. Es war kalt aber der Himmel war wolkenlos. Bei Schnee und

Sonne gingen wir im Schlosspark spazieren. Die Fotos wurden sehr gut, wie Ansichtskarten. Wir hatten die Idee, ein Fotoalbum zu gestalten. Manfred sagte, dass das Schloss Charlottenburg das schönste Schloss für ihn sei. Im Sportunterricht musste er immer einen Dauerlauf mit seinen Klassenkameraden durch den Schlosspark machen. Seine Oberschule war in der Nähe des Schlosses. Er zeigte sie mir. In einem Restaurant erzählte er mir etwas über seine Jugendzeit.

Ich hatte eine Idee. Ich wollte in einem Fotostudio Bilder von mir machen lassen. Wir vereinbarten einen Termin mit einer Fotografin. Heute gingen wir dorthin. Die Fotografin begrüßte uns. Ich hatte eine kleine Auswahl an Kleidung mitgebracht. Am Anfang hatte ich Hemmung, mich vor der Kamera zu bewegen. Die Fotografin konnte aber gut damit umgehen, sodass ich mit der Zeit lockerer wurde. Die Bilder wurden sehr gut. Ich war beeindruckt. So schöne Bilder hatte ich noch nie von mir. Ein Bild schenkte ich Manfred. Mein verrückter Sekretär.

Es war kalt in Berlin. Ich musste mir Winterschuhe und dicke Socken kaufen. Es schneite. Manfreds Familie ging Schlittenfahren. Seine Tochter freute sich. Manfred kannte einen geeigneten Hügel. Viele Familien waren dort. Das machte richtig Spaß. Wir fuhren alle Schlitten: im Sitzen und im Liegen. Manfreds Tochter lief sogar barfuß durch den Schnee. Es gab auch einen kleinen Imbiss, bei dem sich Manfred seinen Kaffee holte. In der Wohnung wärmten wir uns wieder auf. Wir spielten Mensch-Ärgere-Dich-Nicht.

Ich erinnerte mich an das Festival of Lights im Oktober in Berlin. Susanne hatte mir ein paar Tage frei gegeben. Manfred hatte mich eingeladen. Beim Festival of

Lights sah ich Berlin in der Nacht. Es war sehr eindrucksvoll. Viele Gebäude der Stadt waren bunt beleuchtet. Ich hatte an diesem Abend so viele Bilder wie noch nie gemacht. Ich erinnerte mich, dass mein Brandenburger Tor bezaubernd aussah! Der Gendarmenmarkt, der Berliner Dom, der Fernsehturm, der Potsdamer Platz, die Siegessäule, der Funkturm waren herrlich beleuchtet. Manfred war in dieser Nacht mit mir durch ganz Berlin gefahren. Wir waren auch an der Ewigen Flamme auf dem Theodor-Heuss-Platz und aßen Nudeln an einem asiatischen Imbiss, der in der Nacht noch offen hatte. Manfred hatte mir erklärt, dass die Ewige Flamme ein Mahnmal war. Ihr Feuer sollte so lange brennen, wie Deutschland politisch geteilt war. Nach der Wiedervereinigung Deutschlands wurde die Ewige Flamme aber nicht gelöscht. Meine Erinnerung lenkte mich vom Mensch-Ärgere-Dich-Nicht ab. „Du bist dran", sagte Manfred.

Wir besuchten die Weihnachtsmärkte in Berlin. Es gab so viele verschiedene Weihnachtsmärkte, sodass wir jeden Abend einen anderen Weihnachtsmarkt besuchten. Ich fuhr sogar Riesenrad, obwohl ich Höhenangst hatte. Berlin von oben sehen, war einfach irre. Manfred machte ein Foto von meinem ängstlichen, aber auch lachenden Gesicht als unsere Gondel ganz oben stillstand. Ich trank sogar Glühwein. Die Weihnachtsmärkte waren stark besucht. Es erinnerte mich an die Busse in Bogota, in denen man kaum Platz hatte. Die Atmosphäre auf den Weihnachtsmärkten gefiel mir. Manfred kaufte sich Kaffee und gebrannte Mandeln. Ich trank heißen Tee und aß Zuckerwatte. Wir waren überall: Alexanderplatz, Gendarmenmarkt, Potsdamer Platz, Gedächtniskirche, Spandau. Wir gingen über den weihnachtlich geschmückten und beleuchteten Kurfürstendamm. Berlin war großartig. Ich sagte Manfred, dass ich hier einmal leben wolle. Wir lachten und sagten zusammen: „Ja, bestimmt!"

Manfred stellte den Weihnachtsbaum auf. Es war ein sehr großer, aber künstlicher Weihnachtsbaum, der wie echt aussah. Manfred steckte viele elektrische Kerzen an den Weihnachtsbaum. Seine Arbeit war jetzt getan, sagte er. Seine Frau schmückte den Baum am Vormittag des Heilligen Abends. Ich half ihr. Wir hingen viele Kugeln, Engel, Figuren, Girlanden und Süßigkeiten an den Weihnachtsbaum. Nach zwei Stunden waren wir fertig. Der Weihnachtsbaum sah einfach glänzend aus. Anschließend legten wir die Geschenke unter den Baum. Welche Geschenke würden wohl meine sein? Ich war neugierig. Manfred verriet aber nichts.

Am Nachmittag gingen wir zusammen mit Manfreds Mutter in die Kirche. Ich war das erste Mal in einem deutschen, evangelischen Weihnachtsgottesdienst. Ich kannte nur die katholischen Gottesdienste in Kolumbien. Es war auch das erste Mal, dass ich in Deutschland in der Kirche war. Die Kirche war voll. Alle waren sehr gut gekleidet, selbst Manfred. Er hatte diesmal nicht seine rote Hose an. Ich sagte es ihm. Wir lachten. Der Pfarrer predigte, die Menschen sangen Lieder und Kinder führten ein Krippenspiel auf. Ich erkannte ein paar Lieder an ihrer Melodie. Die Predigt verstand ich nicht.

Wir deckten den Tisch und schalteten die Kerzen am Weihnachtsbaum ein. Manfreds Frau hatte einen Kuchen gebacken. Die Bescherung begann. Das war der Moment, auf den Manfreds Tochter gewartet hatte. Der Baum, die Geschenke, die Beleuchtung, die Tischdekoration war wunderbar. Manfred zeigte seiner Tochter, welche Geschenke ihre waren. Er gab seiner Mutter zwei kleine Pakete. Ich bekam ein großes und ein kleines Geschenk. Manfred und seine Frau beschenkten sich auch. Die meisten Geschenke bekam Manfreds Tochter. Ich öffnete das große Paket. Das Geschenk war verrückt eingepackt. Es war weich. Es waren Hausschuhe, die aussahen wie Tigerfüße. Ich zog sie gleich an. Wir lachten alle als ich mit ihnen durch das Zimmer lief. Ich öffnete das kleine Paket. Es war mit goldener und roter Metallfolie eingepackt. Es war eine Armbanduhr! Ich war sehr überrascht. Ich umarmte Manfred. „Voll der Luxus!", sagte ich. „Na, klar voll der Luxus! Schöne Grüße vom KaDeWe", sagte Manfred lachend. Manfreds Tochter bekam zwei kleine Puppen mit Kleidung, Malstifte und ein großes Hotel zum Zusammenbauen. Das Hotel war sehr groß. Nachdem wir etwas Kuchen und Kekse aßen, saßen wir alle auf dem Fußboden und bauten das Hotel zusammen. Nach zwei Stunden waren wir fertig. Manfreds Tochter war glücklich. Sie spielte mit kleinen Figuren, die das Hotel besuchten. Ich genoss die Zeit und sah Manfreds Tochter beim Spielen zu. Es war ein sehr schöner Heiliger Abend. Ich erzählte von Weihnachten in Kolumbien und dass man in Kolumbien erst am 25. Dezember Weihnachten feiere.

Die Zeit in Berlin verging sehr schnell. Es war Silvester. Gestern hatte ich meinen Koffer und ein paar Taschen und Kartons gepackt. Mein Freiwilliges Soziales Jahr begann am Neujahrstag. Wir frühstückten gemeinsam. Wir luden alles ins Auto und fuhren los. Die Fahrt ging nach Bonn. In Köln hatten wir kein Hotelzimmer für die Silvesternacht bekommen, jedoch in Bonn. Wir freuten uns alle auf die Silvesternacht in Bonn am Rheinufer. Ich war noch nie so lange auf deutschen Autobahnen gefahren. Die Autobahnen waren einmalig. Wir hatten etwas Obst, Getränke und belegte Brote dabei. Wir machten oft Rast. Manfreds Tochter konnte auf den Spielplätzen etwas spielen und ich konnte auf Toilette gehen. Wir aßen auf einem sehr schönen Rasthof Mittag. Die Fahrt nach Bonn gefiel mir. Manfred und seine Frau wechselten sich beim Fahren ab. Manfreds Tochter malte im Auto. Ich sah mir die Winterlandschaft an.

Wir kamen am Abend im Hotel an. Es war ein kleines Familienhotel. Wir machten uns frisch und besichtigten Bonn am Abend. Gegenüber Berlin war hier nichts los. Manfred kaufte sich einen Milchkaffee. Wir hörten schon einige Explosionen von den Silvesterknallern. Manfred war gespannt, wie in Bonn Silvester gefeiert würde.

Wir waren am Rheinufer. Viele Menschen hatte sich versammelt. Es war kurz vor Mitternacht. „Eins, zwei, drei, Prost Neujahr!", riefen wir uns zu. Manfred umarmte mich. Er wünschte mir vom ganzen Herzen viel Erfolg im Freiwilligen Sozialen Jahr. Er sagte mir, dass er mich bewundere. Er wünschte mir viel Kraft und das mein Lebenstraum wahr werden solle. Manfreds Familie umarmte mich. Wir stießen mit Sekt in Plastikgläsern auf das neue Jahr an. Die Raketen stiegen auf und zauberten ihre Funkensterne an den Himmel. Es war wunderbar. Donner, Blitze, Funkensprühen. Ich dachte in diesem Moment auch an meine Mutter. Sie würde erst in sechs Stunden das neue Jahr begrüßen.

Wir fuhren nach dem Frühstück los. Ich war aufgeregt. Die Landstraßen waren leer. Es war Neujahrstag. Wir fuhren eine Stunde. Ich stieg aus. Ich sah das Kinder- und Jugendheim. Mein neues Zuhause, dachte ich.

Es war groß. Es gab mehrere große Häuser. Die Tür im Haupthaus war offen. Wir gingen hinein. Niemand war da. Alles still, keine Kinder. Ich hatte eine E-Mail bekommen, sodass ich wusste, wohin wir gehen mussten. Wir standen vor einer abgeschlossenen Glastür. Manfred las den Zettel vor, der an der Glastür klebte: „Herzlich Willkommen, Elaine, da unsere Gruppe heute Morgen leider nicht besetzt ist, bitten wir Sie darum ihren Zimmerschlüssel in der WG VII abzuholen. Vielen Dank WG II." Ich war verärgert! Meine Wohngruppe war am Neujahrstag gar nicht da! Ich hätte mit Manfred in Berlin Silvester am Brandenburger Tor feiern können. Manfred lachte. Er sagte, unser Silvester in Bonn am Rhein war auch schön. Wir suchten die WG VII. Auch hier war niemand. Wir trafen einen Mann im Treppenhaus. Wir fragten ihn, wo wir den Zimmerschlüssel abholen können. Der Mann half uns. Er ging mit uns wieder zurück zur Tür, an der der Zettel klebte. Er las ihn. Er begleitete uns zum Hausmeister. Er ging mit uns zu meinem Zimmer. Wir mussten eine Wendeltreppe hinaufsteigen. Er schloss mein Zimmer auf und sagte zu mir: „Herzlich willkommen!". Das Zimmer war klein. Ein Bett, ein Schrank, ein Tisch, ein Stuhl und ein Bad. Ich war froh, dass ich ein eigenes Bad hatte. Wir trugen mein Gepäck auf das Zimmer. „Kein Fernseher hier", sagte ich zu Manfred. Manfred sagte, dass er mir einen Fernseher kaufen würde. Er wüsste aber noch nicht, wann er ihn bringen würde. Ich sollte ihm in den kommenden Tagen eine Liste schicken, was ich alles noch bräuchte.

Wir fuhren in die Kleinstadt. Eine Konditorei hatte offen. Eine Kubanerin begrüßte uns. Ich unterhielt mich mit ihr. Sie kam vor vielen Jahren hierher. Sie war mit einem Deutschen verheiratet. Beide eröffneten vor vielen Jahren diese Konditorei. Ihr Mann sei jetzt schon im Ruhestand. Wir bestellten uns alle einen Kuchen und Manfreds Tochter bekam selbst gebackene Kekse. Der Milchkaffee schmeckte sehr gut. Manfred bestellte sich noch einen zweiten Milchkaffee.

Manfred fuhr mit seiner Familie wieder zurück nach Berlin. Ich weinte als ich mich von Manfred verabschiedete. Ich wusste nicht, wie alles in diesem Kinder- und Jugendheim werden würde. Ich hatte etwas Angst. Manfred machte mir Mut. Er umarmte mich fest und sagte, dass ich an meine Kraft glauben solle. Er sagte ich solle mich freuen, dass ich meinen Weg weitergehen könnte. Ich merkte, dass er auch traurig war. Seine Stimme klang anders. Er fuhr los. Ich war jetzt wieder allein. Ich schlief sehr schlecht in dieser Nacht. Meine Gedanken im Kopf ließen mich nicht zur Ruhe kommen. Ich dachte an den nächsten Tag. Manfred hatte mir vor Stunden eine gute Nacht gewünscht. Ich war froh, dass er gut in Berlin angekommen war.

Ich freute mich auf meine Kindergruppe

Ich war nun fertig, um zu meiner Gruppe im ersten Stock zu gehen. Ich hatte gut geschlafen. Ich hatte hier noch niemanden getroffen. Ich war gespannt auf die Kinder und auf die Betreuer. Ich ging die Wendeltreppe hinunter und lief durch einen langen Flur. Ich öffnete die Glastür zur Wohngruppe WG II.

Die Betreuer begrüßten mich herzlich. Die Kinder kamen zu mir. Manche Kinder umarmten mich. Petra die Wohngruppenleiterin hieß mich herzlich willkommen. Petra war mir gleich sehr sympathisch. Sie stellte mir die Kinder vor. Das älteste Kind war 16 Jahre alt, das jüngste Kind war 12 Jahre alt. Alle Kinder waren neugierig und fragen mich immer, wie ich hieße. Ich sagte: „Ich heiße Elaine und wie heißt du?" In der Wohngruppe lebten acht Kinder.

Petra zeigte mir die Zimmer der Kinder, die Waschräume, die Aufenthaltsräume und die Küche. Sie erzählte mir, wie ein normaler Tag in der Wohngruppe abläuft. Sie fragte mich öfters, ob ich ihre Erklärungen auch verstünde. „Ja", sagte ich. Ich verstand schon sehr viel, wenn mir jemand etwas auf Deutsch sagte. Leider konnte ich noch nicht so gut Deutsch sprechen. Das Sprechen viel mir schwer. Ich musste mich sehr konzentrieren. Das hieß aber nicht, dass ich mich nicht verständlich ausdrücken konnte. Die Betreuer und die Kinder verstanden mich, obwohl ich einige grammatische Fehler machte.

Ich freute mich auf die Arbeit mit den Kindern. Ich musste aber zuvor noch ins Verwaltungsbüro gehen, um einige wichtige Dokumente abzugeben. Danach fuhr ich mit Jürgen in die Stadt. Jürgen war der Fahrer, der für die Wohngruppen einkaufte. Jürgen kannte mich schon. Er holte mich vor vier Monaten vom Bahnhof ab als ich zum Vorstellungsgespräch hier ankam. Ich musste mich in der Stadt anmelden und ich wollte auch gleich mein Bankkonto für die Lohnzahlungen eröffnen. Jürgen und ich waren am späten Nachmittag wieder im Kinder- und Jugendheim. Die Kinder spielten.

Ich hatte mit den Betreuern ein Gespräch. Ich sollte ihnen etwas über mich erzählen. Meine Entscheidung nach Deutschland zu kommen, fanden sie mutig. Sie wollten viel wissen, aber ich erzählte nicht viel. Ich erzählte nichts über meine Schwierigkeiten, die ich in Kolumbien hatte. Ich erzählte auch nichts über meine Familie. Ich erzählte, dass alle Länder in Südamerika vergleichbar wären. Reichtum und Armut beherrsche das Leben. Ich erzählte, dass viele Kolumbianer nach den USA gehen möchten. Die USA interessierte mich jedoch nicht. Ich wollte Europa kennenlernen und vor allem Deutschland. Ich erzähle, dass ich eine Familie in Kolumbien kannte, deren Urgroßeltern aus Deutschland kamen. Sie zeigten mir alte Fotos von ihren Urgroßeltern aus Deutschland. Ich erzählte, dass ich als Kind die Flugzeuge beobachtete, die hoch oben am Himmel in eine andere Welt flogen. Ich wollte diese Welt auch in meinem Leben kennenlernen. Dieser Kindheitstraum war sogar wahr. Ich erzählte von Erik, Miriam und Mike. Ich erzählte von meiner Zeit als Au-pair.

Die Betreuer und Petra erzählten etwas über das Kinder- und Jugendheim. Sie sprachen ausführlich über jedes Kind. Die Informationen über die Kinder waren für mich sehr wichtig. Ich hörte aufmerksam zu. Die Kinder waren geistig- und körperlich behindert. Die Schicksale der Kinder gingen mir sehr nahe. Ich wollte sie gut betreuen und ich wollte, dass sie sich mit meiner Hilfe gut entwickeln. Ich wollte ihnen helfen, sie fördern und sie unterstützen. Das war mein Ziel für mein Freiwilliges Soziales Jahr hier in diesem Kinder- und Jugendheim.

Wir machten mit den Kindern Ausflüge. Sie liebten die Natur, die Blumen und die Tiere. Sie freuten sich immer auf die Ausflüge. Die Kinder halfen auch im Alltag mit. Sie deckten die Tische. Sie räumten auf. Ich brachte einigen Kindern bei, sich gründlich die Zähne zu putzen. Ich betreute immer ein oder zwei Kinder intensiv. Wenn ich einem Kind ein Kinderbuch vorlas, lernte ich selbst Deutsch dabei. Die Sprache in den Kinderbüchern war eine einfache Sprache. Ich verbesserte meine Aussprache. Ich sprach auch ernst mit den Kindern, wenn es erforderlich war. Es gab Regeln, die sie beachten mussten.

Ich lernte auch die anderen Freiwilligen kennen. Ich freundete mich mit Aada und Kintana an. Aada kam aus Finnland, Kintana kam aus Madagaskar. Kintana sagte mir, dass ihr Name „Stern" bedeutete. Wir unterhielten uns auf Deutsch. Hannah kam aus den Niederlanden. Hannah beendet ihr Freiwilliges Soziales Jahr in einem Monat. Ihr Zimmer war neben meinem Zimmer. Manchmal saßen wir abends in Hannahs Zimmer und sahen fern. Ich hatte keinen Fernseher. Ich hatte nichts. Manfred überlegte bereits, wie ich einen Fernseher und Internet bekommen könnte.

Ich war überrascht und glücklich, dass mir Hannah ihren Fernseher schenkte als sie abreiste. Sie lud mich nach Amsterdam ein. Ob ich irgendwann Amsterdam sehen würde, fragte ich mich. Ich rief Manfred an, um ihm zu sagen, dass ich jetzt einen Fernseher hätte. Er freute sich. Es blieb nur noch das Problem mit dem Internet. Manfred ärgerte sich, dass das Kinder- und Jugendheim kein Internet für die Freiwilligen anbot. Manfred sagte, die Freiwilligen, die aus vielen Ländern kämen, bräuchten doch das Internet, um mit ihren Familien zu reden.

Manfred schickte mir einen Internet-USB-Stick. Er hatte einen Vertrag mit einem Internetanbieter abgeschlossen. Ich freute mich sehr. Wir konnten uns wieder in unserem Lieblingscafé treffen: im Café „Skype".

Ich hatte immer viel zu tun. Manfred und ich sprachen am Abend über Skype miteinander. Manfred unterrichtete mich in Deutsch. Er war der Meinung, dass die deutsche Sprache mein Schlüssel zum Erfolg sein würde. Er war davon felsenfest überzeugt. Er hatte eine Nachhilfeschule für Schüler in der Stadt gefunden, die bereit war, mich beim Deutschlernen zu unterstützen. Ich traf mich mit dem Schulleiter, um einen Kurs zu buchen. Ich hatte jetzt einmal die Woche bei einem Lehrer Einzelunterricht in Deutsch. Jürgen nahm mich immer mit, sodass ich die Schule besuchen konnte. Wenn ich nicht rechtzeitig mit meiner Arbeit in meiner Kindergruppe fertig war, dann konnte ich nicht mit Jürgen in die Stadt fahren. Mein Sprachunterricht viel dann aus.

Manfred und ich waren es gewohnt, immer in die Zukunft zu blicken. Wir fragten uns deshalb bereits nach wenigen Wochen, wie es weitergehen könnte. Bald war uns klar, dass ich einen Weg gehen müsse, der mich zu einem unabhängigen Leben führen würde. Ich konnte nur ein unabhängiges Leben in Deutschland führen, wenn ich ausreichend Geld verdienen würde. Dieser Weg konnte nur mit einer Berufsausbildung beginnen. Wir waren uns darüber einig. Welchen Beruf könnte ich in Deutschland erlernen?

Manfred informierte sich. Eine Woche später erklärte er mir meine Situation. Da ich aus Kolumbien kam, blieben für mich nur Ausbildungen in Mangelberufen übrig. Mangelberufe waren Berufe, die nicht viele deutsche Jugendliche erlernen wollen. Manfred erklärte mir, dass die Ausländerbehörde Aufenthaltserlaubnisse für Mangelberufe schneller genehmigen würden als für andere Berufe. Er erklärte mir, dass in Deutschland die Unternehmen der Agentur für Arbeit erklären müssten, weshalb sie einen nicht europäischen Ausländer einstellen wollen. Diese Begründung wäre in Mangelberufen sehr viel leichter für die Unternehmen. Das Wort „Mangelberuf" wäre das Zauberwort. Ich könnte deshalb nur zwischen Krankenschwester, Altenpflegerin und Hotelfachfrau wählen, weil technische Berufe für mich nicht in Frage kämen.

Ich fragte am nächsten Tag den Heimleiter, ob es eine Möglichkeit gäbe nach dem Freiwilligen Sozialen Jahr eine Ausbildung in diesem Kinder- und Jugendheim zu beginnen. Der Heimleiter sagte mir, dass ich eine Ausbildung als Heilerzieher beginnen könnte. Er könne mir aber noch keine endgültige Zusage geben.

Als ich abends in meinem kleinen Zimmer war, überlegte ich. Ich war mir sicher, dass ich eine Berufsausbildung in Deutschland machen müsste. Mein Abitur, mein Studium am Institut SENA als Technologin für Marktwirtschaft, meine anderen Tätigkeiten, die ich in Kolumbien machte, hatten in diesem Moment keinen Wert. Manfred informierte sich, dass alle meine kolumbianischen Abschlüsse in Deutschland bewertet und anerkannt werden müssten. Er sagte, dass es nicht sicher sei, inwieweit sie anerkannt würden. Er sagte, dass die Anerkennungsverfahren Monate dauern. Zeit, die wir nicht hätten, weil die Berufsausbildungen in Deutschland bereits am ersten August beginnen würden. Wir hatten nur sechs Monate Zeit.

Wir trafen uns am Abend in unserem Lieblingscafé. Ich hatte mich entschieden. „Ich werde Hotelfachfrau", sagte ich zu Manfred. „Ok", sagte Manfred. „Ich beginne morgen mit der Ausbildungsplatzsuche", sagte Manfred lächelnd. „Ja, ich hoffe, du wirst erfolgreich sein, ich mache mir Sorgen, ob alles weitergehen wird", antwortete ich. Manfred bemerkte, dass ich mich nicht wohlfühlte. Ich hatte Angst. „Du wirst bestimmt eine sehr gute Hotelfachfrau. „Ich weiß das", sagte Manfred. „Ich beginne gleich morgen mit der Suche nach einem Hotel, dass dich ausbildet", sagte er. „Ja", sagte ich. „Sag mir ehrlich, ob du glaubst, dass ich eine Berufsausbildung zur Hotelfachfrau machen kann. Ganz ehrlich", fragte ich Manfred. „Ja, ich bin mir ganz sicher. Ich bin mir sicher, dass ich ein Hotel in Berlin finden werde", antwortete Manfred ganz ruhig. „In Berlin? Das wäre super! Ich würde dann in Berlin wohnen! Ich werde ab jetzt sehr intensiv Deutsch lernen. Danke, Manfred", sagte ich mit aufgeregter Stimme. Wir lachten beide.

Es war Ende Januar. Manfred hatte eine professionelle Bewerbung mit einem professionellen Lebenslauf von einer Personalberaterin erstellen lassen. Er schickte diese Bewerbung an 30 Hotels in Berlin. Wir warteten auf die Antworten der Hotels.

„Du hast ein Vorstellungsgespräch am 21. Februar", sagte Manfred. Ich hätte Manfred umarmen können.

Oh, Gott, dachte ich. „Wir müssen wieder Vorstellungsgespräche üben!", sagte ich. Ich sagte ihm, dass wir alles so organisieren müssten, dass ich viele Vorstellungsgespräche in zeitlicher Nähe hätte. Ich könnte dann eine Woche frei nehmen und nach Berlin kommen. Manfred stimmte zu. Die Fahrten nach Berlin würden ein Problem sein. Er hoffte auch, dass viele Hotels mich Ende Februar zum Vorstellungsgespräch einladen würden.

Ich hatte Glück oder Gott hatte meine Gebete erhört. Ich weiß es nicht. Acht Hotels luden mich zu Vorstellungsgesprächen zwischen dem 21. Februar und dem 28. Februar ein. Alles schien zu passen. Ich sprach mit dem Heimleiter, ob ich Ende Februar für eine Woche nach Berlin könnte. Meine Gastfamilie, so nannte ich Manfreds Familie, hätte mich eingeladen. Ich würde gerne zu ihr fahren, weil sie sehr viel für mich getan hätte. Der Heimleiter stimmte zu.

Ich fuhr mit der Bahn nach Berlin. Manfred holte mich vom Bahnhof ab. Ich umarmte ihn so fest wie nie. Er hatte wieder seine rote Hose an. Nachdem wir in seiner Wohnung alles besprochen hatten, gingen wir Kleidung und Schuhe für die Vorstellungsgespräche kaufen. Ich ging immer gerne mit Manfred einkaufen. Manfred hatten den Blick, ob mir etwas passte oder ob ich elegant in der neuen Kleidung aussah. Manfred war nicht nur mein verrückter Sekretär, sondern auch mein professioneller Einkaufsberater. Wichtig für Manfred war, dass er auch einen Milchkaffee trinken konnte.

Das erste Vorstellungsgespräch lief sehr schlecht. Ich war enttäuscht. Ich ließ mich aber nicht entmutigen. Ich dachte an meine Zeit in Bogotá, die ich auch überstand. Ich verbesserte mich von Vorstellungsgespräch zu Vorstellungsgespräch. Ein Hotel lud mich für den nächsten Tag zur Probearbeit ein. War das meine Chance? Meine Probearbeit begann um 6 Uhr morgens. Ich arbeite im Housekeeping, im Restaurant und an der Rezeption. Die Hausdame und die Restaurantleiterin waren von mir überzeugt. Das Hotel bot mir einen Ausbildungsvertrag zum ersten April an. Es war ein 3-Sterne Hotel. Ich sprang in die Luft vor Freude als mich Manfred vom Hotel abholte. Wir hatten es geschafft. Ich hatte eine Ausbildungszusage. Manfred sagte, dass der Ausbildungsbeginn zum ersten April sehr früh sei, aber wir hätten keine Wahl. Er sagte, dass das Hotel den Ausbildungsvertrag erst in ein paar Tagen zu ihm nach Hause schicken würde. Ich gab den Hotels immer die Adresse von Manfred.

Ich hatte noch weitere Vorstellungsgespräche. Ein zweites Hotel lud mich auch zu einer Probearbeit ein. Ich arbeitete diesmal nur im Housekeeping. Die Hausdame lobte meine sehr gute Arbeit. Die Personalleiterin, die mit mir und mit der Hausdame das abschließende Gespräch führte, sagte, dass sie mich in den nächsten Tagen anrufen würde, um mir ihre Entscheidung mitzuteilen.

Wir saßen in einer Pizzeria. Ich aß Tintenfischringe mit etwas Pommes frites und grüne Bohnen. Manfred aß Spaghetti Carbonara. Manfred erzählte mir, dass er in dieser Pizzeria seine Mittagspause als Auszubildender verbracht hatte. Er rechnete. „Das war vor 35 Jahren!", sagte er schließlich. Die Pizzeria war sehr gut und sehr gemütlich. Wir beschlossen an diesem Abend mit den beiden Hotels zu pokern. Das erste Hotel war ein 3-Sterne Hotel, das zweite Hotel war ein 4-Sterne Hotel. Ich sagte, dass eine Ausbildung in einem 4-Sterne Hotel besser für meine Zukunft wäre. Manfred stimmte zu. „Also pokern!", sagte er. „Ja, pokern!", bestätigte ich. „Ich muss das Risiko eingehen. Ich habe immer viel riskiert im Leben, sonst wäre ich nicht hier in Deutschland. Ich poker!", beschloss ich. Manfred nickte und trank seinen Espresso aus.

Mein Handy klingelte. „Wir stellen Sie als Auszubildende zur Hotelfachfrau zum ersten August ein. Wir freuen uns auf Sie. Sie haben uns mit ihrer Persönlichkeit und mit ihrer sehr guten Probearbeit überzeugt. Herzlichen Glückwunsch!", sagte die Personalleiterin.

„Ich habe den Ausbildungsplatz im 4-Sterne Hotel, Manfred, ich kann es kaum glauben. Das Hotel hat gerade angerufen!", rief ich durchs Handy. Ich hatte Manfred auf seiner Arbeit angerufen. Manfred gratulierte mir. Manfred hatte es geschafft. Es war unglaublich. Innerhalb von sechs Wochen hatte ich einen Ausbildungsplatz. Ich war mehr als glücklich. Es war wie ein Traum. Ich fühlte das Gleiche als ich mein Visum zur Einreise nach Deutschland von der Deutschen Botschaft in Bogotá abholte. Ich hatte einen Ausbildungsplatz, das bedeutete auch, dass ich drei Jahre in Deutschland leben würde.

Manfred, seine Frau, seine Tochter und ich gingen an diesem Abend in einem sehr schönen Restaurant essen. Wir feierten meinen Erfolg. Diesen Abend würde ich nie vergessen. Ich spürte das.

Die Woche in Berlin ging zu Ende. Ich war glücklich. Diesen Erfolg hatte ich mir vorher nicht vorstellen können. Manfred brachte mich zum Hauptbahnhof. Manfred nahm mich in seine Arme. „Dein Risiko hatte sich gelohnt. Wir haben jetzt wieder viel zu tun. Wir müssen die Aufenthaltserlaubnis für die Berufsausbildung beantragen. Ich denke, das wird keine Probleme machen.

Ich wünsche dir eine gute Fahrt. Melde dich, wenn du in Köln bist", sagte Manfred. „Ja, das mache ich. Ich danke dir für alles. Du bist der Beste!". Manfred lachte. Ich stieg in den Zug.

Ich zog in meine erste eigene Wohnung und wurde Hotelfachfrau

Ich war wieder bei meinen Kindern in der Wohngruppe. Sie freuten sich, mich wiederzusehen. Ich war gerne mit ihnen zusammen, aber ich wusste, dass ich sie im Sommer verlassen würde. Ich hatte einen Ausbildungsvertrag. Ich erzählte aber nichts davon. Ich wollte keine Fragen beantworten. Ich dachte mir, ich erzähle es, kurz bevor ich mein Freiwilliges Soziales Jahr beenden würde.

Es gab noch ein großes Problem, das mir sehr viel Angst machte. Ich konnte mich deshalb noch nicht so richtig freuen. Ich fühlte, dass ein schwerer Stein auf meinem Herz lag. Manchmal konnte ich nicht schlafen. Das große Problem war die Ausländerbehörde.

Ich sprach viel mit Manfred. Ich reiste nochmals nach Berlin. Wir beide wollten mit der Berliner Ausländerbehörde über eine Änderung meiner Aufenthaltserlaubnis sprechen, sodass ich eine Berufsausbildung in Berlin beginnen könnte. Ich hatte meinen Ausbildungsvertrag mitgenommen. Ich war an diesem Tag sehr aufgeregt und nervös. Das Gespräch war erfolglos. Der Sachbearbeiter sagte, dass er das in diesem kurzen Gespräch nicht klären könnte. Es sähe vielleicht eine Möglichkeit nach dem Freiwilligen Sozialen Jahr. Er sagte, dass ich einen Termin zur Klärung bräuchte. Er sagte auch, dass es leider bis Ende Juli keine Termine mehr gäbe. Er verabschiedete sich freundlich.

Oh, Gott, dachte ich. Ich brach in Tränen aus. Manfred umarmte mich. Wir waren beide still. Wir waren sprachlos. Ich spürte, dass Angst meine Kehle zuschnürte. Ich sagte weinend zu Manfred: „Das darf nicht passieren, ich habe doch alles getan, um eine Aufenthaltserlaubnis zu erhalten. Warum ist alles so schwer für mich. Warum muss ich immer im Leben kämpfen. Ich kämpfe schon seit meiner Kindheit. Ich dachte, dass ich in Deutschland Glück hätte." Manfred war auch sehr schockiert. Er war sehr traurig. Er kämpfe mit seinen Tränen.

In dieser Stille kam mir eine Idee. Eine Idee, bei der ich spürte, dass sie mich aufwecken wollte. Eine kolumbianische Idee. Ich sagte: „Manfred, wir fahren in die Stadt, wo das Kinder- und Jugendheim ist! Wir gehen dort zur Ausländerbehörde, die die Adresse des Kinder- und Jugendheimes in meine Aufenthaltserlaubnis eingetragen hatte." Ich erinnerte mich an die Sachbearbeiterin in der Kreisstadt, wo ich Au-pair war, die mir damals den Rat für das Freiwillige Soziale Jahr gab. Ich vermutete, dass die Ausländerbehörden in den kleineren Städten hilfsbereiter seien als in Berlin. Manfred war überrascht von meiner Idee. Er sagte, dass das gehen könnte. Er hatte aber auch Zweifel, weil ich in Berlin meine Ausbildung beginnen würde. Ich sagte ihm: „Das muss gehen! Ich glaube an meine Idee!" Ich spürte, dass mir diese Idee wieder Kraft gegeben hatte. Manfred stimmte zu.

An meinem freien Tag fuhr ich zur Ausländerbehörde. Eine Mitarbeiterin des Kinder- und Jugendheimes nahm mich in ihrem Auto mit zur Stadt. Ich nahm alle meine Dokumente mit. Ich sprach mit dem Sachbearbeiter. Er war sehr freundlich. Ich hatte die Tage zuvor für das Gespräch in unserem Lieblingsrestaurant mit Manfred geübt. Der Sachbearbeiter prüfte meinen Ausbildungsvertrag. Ich erzählte ihm, dass die Berliner Ausländerbehörde keine Termine vor August hätte. Der Sachbearbeiter nickte und sagte, dass er sich das gut vorstellen könne. Er kopierte meinen Ausbildungsvertrag und sagte, dass er mich in zwei Wochen informieren würde. Ich dankte ihm.

Diese zwei Wochen waren höllisch. Ich schaute immer auf mein Handy. Ich kontrollierte immer meine E-Mails. Ich war nervös. Meine Kinder machten meine Tage immer bunt und fröhlich. Sie halfen mir, obwohl sie das nicht wussten. Ich spielte mit ihnen Brettspiele. Ich besuchte mit ihnen Tiere auf den Höfen, die in der Nähe des Heims lagen. Sie liebten Tiere. Sie korrigierten mich, wenn ich etwas Falsches auf Deutsch sagte. Ich las ihnen abends Bücher vor. Ich räumte mit ihnen gemeinsam ihre Zimmer auf.

Abends sprach ich mit Manfred. Wir hofften beide, dass meine Idee erfolgreich sein würde. Wir lernten Deutsch. Manfred hatte mir ein Jugendbuch geschickt. Ich lernte die Wörter. Manfred übersetzte Wörter ins Spanische, wenn ich sie mir nicht selbst erklären konnte. Manfred vereinfachte die Sätze und übte mit mir ihren Satzaufbau, indem er ähnliche Sätze im Chat schrieb. Ich wusste, dass die Ausbildung schwer sein würde. Ich wusste, dass ich viel Deutsch lernen müsste, um den Unterricht in der Berufsschule zu verstehen.

Ich war so nervös. Ich hatte eine E-Mail von der Ausländerbehörde bekommen. Ich las sie. Ich verstand nur, dass das Hotel, das mich ausbilden würde, ein Formular für die Agentur für Arbeit ausfüllen müsse. Ich bat Manfred um Hilfe. Manfred erklärte mir, dass die Agentur für Arbeit dieser Ausbildung zustimmen müsse, weil ich keine Europäerin sei. Ich hatte schon wieder ein ängstliches Gefühl. Manfred beruhigte mich. Er erklärte mir, dass die Agentur für Arbeit zustimmen würde, weil Hotelfachfrau ein Mangelberuf in Deutschland sei. Manfred sagte, ich solle mir keine Sorgen machen. Ich glaubte ihm. Ich war aber trotzdem unruhig.

Oh, Gott, war das eine Überraschung. Die Ausländerbehörde schrieb mir ein zweites Mal. Ich las: „Wir freuen uns, dass wir Ihnen eine Aufenthaltserlaubnis zur Berufsausbildung ausstellen können. Bitte vereinbaren Sie mit uns einen Termin und bringen Sie zwei biometrische Passfotos mit." Ich hatte doch Glück in Deutschland. Ich rief sofort Manfred an: „Meine kolumbianische Idee war erfolgreich!" Ich lachte und Manfred lachte auch. Manfred wusste sofort, was ich meinte. Er war sehr froh. Wir waren beide glücklich. Mein Weg ging weiter. Ich schrieb dem Hotel, dass ich die Aufenthaltserlaubnis erhalten würde. Die Personalchefin gratulierte mir. Sie sagte, dass sie sich auf mich freue. An diesem Abend wäre ich so gerne mit Manfred einen Cocktail trinken gegangen. Alkoholfrei natürlich! Er war aber leider in Berlin.

Ich informierte den Leiter des Kinder-Jugendheimes, dass ich im August eine Ausbildung zur Hotelfachfrau machen würde. Er war etwas überrascht. Er gratulierte mir zu diesem Schritt. Er sagte mir, dass er sich freue aber auch, dass er sehen müsse, ob er eine neue Freiwillige für meine Kindergruppe einstellen könne. Er bedaure mein Weggehen. Er sagte mir, dass diese Berufsausbildung für mein Leben in Deutschland sehr wichtig sei.

Manfred organisierte schon meinen Umzug nach Berlin. Er sprach mit dem Freiwilligendienst über die Kündigung meines Vertrages. Der Freiwilligendienst sagte, dass ich eine Gebühr bezahlen müsste, wenn ich jetzt kündige, weil ich dann weniger als ein halbes Jahr eine Freiwillige sein würde.

Manfred kam mit seinem Auto zum Kinder- und Jugendheim. Er holte mich und meine Sachen ab. Es war der Tag meines Abschieds von den Kindern, von den Mitarbeitern. Ich umarmte alle Kinder. Ich lächelte, obwohl ich mich traurig fühlte. Die Kinder hatten mich sehr lieb. Ich hatte sie auch in mein Herz geschlossen. Ich musste aber meinen Weg gehen. Manfred lud meine Sachen, meine Taschen und Kartons in sein Auto ein. Ich lachte. Sein Auto war so voll wie die Autos in Kolumbien. Es fehlte nur noch das Gepäck auf dem Dach, dann wäre es kolumbianisch. Wir fuhren los.

Wir machten oft Pause auf den Autobahnraststätten. Wir aßen dort etwas und ich ging auf Toilette. Wir kamen am Abend in Berlin an. Manfreds Frau hatte wieder das Schlafzimmer für mich vorbereitet. Manfreds Tochter begrüßte mich. Ich umarmte sie. Wir saßen auf den Balkon. Wir aßen und tranken etwas. Es war ein warmer Sommerabend.

Mein erster Ausbildungstag kam. Ich war im Hotel. Ich wurde herzlich empfangen. Ich bekam meine Hoteluniform. Bei einem Hotelrundgang wurde ich den Mitarbeitern vorgestellt. In den nächsten Tagen wurde ich im Housekeeping eingeteilt. Die Hausdame begrüßte mich freundlich. Sie sah, dass ich die Zimmerreinigung sehr gut machte. Ich dachte nur, als Kind musste ich immer unser Haus in Kolumbien sauber machen. Nach wenigen Monaten durfte ich schon die Veranstaltungsräume reinigen und vorbereiten. Die Veranstaltungsräume waren in der obersten Etage. Ich hatte einen herrlichen Blick über Berlin.

Manfred begleitete mich am ersten Schultag zur Berufsschule. Er sagte, dass meine Berufsschule in Ost-Berlin sei. Manfred nannte die östlichen Bezirke von Berlin immer Ost-Berlin. Er kannte noch die Mauer in Berlin. Er erzählte mir manchmal von seiner Jugendzeit in Berlin (West). Wir fuhren Bus, U-Bahn und Straßenbahn. Wir gingen noch zehn Minuten zu Fuß.

Ich war mit Abstand die Älteste in meiner Klasse. Es gab drei ausländische Schüler, die aber alle fast perfekt Deutsch sprachen. Ich machte mir Sorgen, ob ich alles verstehen würde. Ich erinnerte mich an mein Studium im Institut SENA. In meiner Jugend verbrachte ich nie viel Zeit mit Büchern. Ich lernte zwar für mein Studium, aber ich war auch viel draußen mit meinen Freunden in Socorro oder in Bogotá. Ich wusste, dass ich mich jetzt konzentrieren und alles geben müsste, um in drei Jahren eine Hotelfachfrau zu sein.

Mein Deutsch verbesserte sich im Laufe der Ausbildung. Ich lernte Deutsch, weil ich nun viel sprach. Ich lernte Deutsch ohne Sprachschulen. Mein bester Sprachlehrer war Manfred. Ich kaufte mir ein Lehrbuch für Deutsch B2. Oh, Gott, die Übungen waren mehr als schwer. Manfred und ich lachten oft, wenn wir auf seinem Balkon die Übungen machten. Bald sah ich ein, dass dieses Sprachniveau noch zu schwer für mich war. Ich lernte deshalb mit Manfred für das Sprachniveau B1. Manfred konnte immer gut mit vielen Beispielen erklären. Manfred sagte immer, dass das Deutschlernen sehr wichtig für die Abschlussprüfung ist. Das wusste ich auch. Ich bestand die Sprachprüfung B1 im Berliner Goethe Institut.

Manfred unterstützte mich während der ganzen Ausbildungszeit. Ich sagte ihm eines Tages, dass er auch zur Abschlussprüfung gehen solle. Ich war fest überzeugt, dass er Hotelfachmann werden könne. Ich bestand meine

Zwischenprüfung. Mein erster großer Erfolg. In Praxis bekam ich eine Eins. Ich war glücklich. Manfred gratulierte mir. Wir gingen in einem griechischen Restaurant essen. Wir feierten meinen Erfolg.

Manfred gab alles, was er konnte. Er fand immer neue Wege und Methoden mich zu unterstützen. Ich bewunderte seine Energie, seine Hingabe, seine Motivation, seine Ideen. Manfred hatte aber auch eine Familie und eine kleine Tochter. Seine Tochter brauchte auch ihren Vater. Ich wusste das alles. Ich sagte ihm auch, dass er sich auch um seine Familie, um seine Tochter kümmern müsse. Manfred sagte, dass er sich immer um seine Tochter kümmere. Manfred nannte seine Tochter seine Lieblingstochter. Manfred liebte seine Tochter über alles. Sie war sein Glück im Leben. Manfred war in meinen Augen unglaublich. Er versuchte alles miteinander zu vereinbaren. Manfreds Ziel war es, dass ich die Abschlussprüfung bestehe. Er sagte immer, dass dieser Beruf meine Zukunft in Deutschland sichern würde. Er sagte immer, dass dieser Beruf mich unabhängig machen würde. Ich wusste, dass er recht hatte. Ich gab deshalb auch alles, auch wenn ich erschöpft war. Manchmal hatte ich keine Kraft mehr. Ich musste immer um 4 Uhr morgens aufstehen. Manchmal konnte ich am Nachmittag nichts mehr tun. Eine schwere Zeit.

„Ich möchte eine kleine, eigene Wohnung haben", sagte ich zu Manfred. Ich konnte nicht immer in der Wohnung von Manfred leben. Ich wollte, dass Manfreds Familie wieder ihr eigenes Leben führen konnte. Ich wollte nicht, dass Manfreds Familie all die Last tragen muss, die mein Leben verursachte. Manfred und seine Familie taten schon genug für mich. So kam ich zu dem Entschluss, dass ich eine kleine Wohnung bräuchte. Manfred stimmte zu. Wir gingen auf Wohnungssuche. Wir fanden eine kleine Wohnung in Berlin-Spandau. Es war eine 1-Zimmerwohnung, die frisch renoviert war. Manfred machte eine Übersicht über meine Kosten und sagte, dass ich mit der Ausbildungsvergütung alles bezahlen könne. Er würde mir beim Kauf von Lebensmitteln und anderen kleinen Sachen unterstützen. Ich war so froh. Ich hatte meine erste kleine Wohnung in Berlin.

Manfred fuhr mit mir Möbel kaufen, die man selbst zusammenbaut. Ich fand das verrückt: Möbel zum Zusammenbauen. Das gab es in Kolumbien nicht. Das Möbelhaus war beeindruckend. Ich wollte alles kaufen. Wir kauften ein Hochbett, ein Sofa, einen Schrank, einen Schreibtisch, einen Schreibtischstuhl, einen Küchentisch, einen Küchenschrank, zwei Stühle, einen Badezimmerschrank, eine Waschmaschine, Deckenleuchten. Manfred baute alle Möbel zusammen. Ich half ihm dabei. Allein hätte ich die Möbel niemals zusammenbauen können. Manfred war genial. Ich war so stolz auf meine kleine Wohnung. Ich hatte noch nie in meinem Leben eine eigene Wohnung gehabt. Ich fühlte mich wohl. Manfred besuchte mich jetzt in Spandau. Wir gingen in der Altstadt Spandau spazieren. Ich machte Fotos. Ich lernte Spandau kennen. Ich war unabhängig. Ich genoss meine Ruhe, wenn ich allein in meiner Wohnung war.

In meinem Facebook stellte ich Fotos von meinem Leben in Europa, in Deutschland und jetzt in Berlin ein. Facebook war eine Möglichkeit, mit meinen Freunden, meinen Kollegen in Kolumbien in Verbindung zu bleiben. Einige meiner Freunde fanden mein Leben in Deutschland sehr gut. Viele von Ihnen wollten wissen, wie ich das erreicht hatte. Manche Kommentare waren voller Neid. Bald schloss ich mein Facebook. Ich bemerkte, dass es für mich sinnlos war. Ich hörte Manfreds Stimme sagen: „Du lebst jetzt in Berlin. Du führst ein anderes Leben als in Kolumbien. Du und deine Freunde leben in zwei Welten. Konzentriere dich auf dein Leben. Sei erfolgreich, damit du eines Tages deine Familie in Kolumbien helfen kannst."

Ich dachte oft an meine Mutter. Ich schickte ihr manchmal 50 Euro. Sie lebt bei meiner Schwester in einer kleinen Stadt in Kolumbien. Meine Schwester sagte mir, dass es meiner Mutter besser ginge. Jeder aus meiner Familie hat seinen eigenen Weg gewählt. Keiner wohnt mehr in Socorro. Ich war auch anders geworden. Ich lernte jetzt für meinen Erfolg, den ich in Kolumbien nie hatte. Reichtum, Autos, Häuser hatten für mich keine hohe Bedeutung mehr. Ich war froh, dass ich den Neid, den Hass und die Ungerechtigkeit in Kolumbien nicht mehr ertragen musste. All die Demütigungen, die ich aushalten musste als ich Kind war. Ich fühlte mich sicher in Deutschland. Ich würde lernen, damit ich meine Ausbildung mit Erfolg abschließe.

Ich dachte an meine Katze Tuco. Tuco war mein Baby. Ich wurde traurig, weil ich Tuco in Kolumbien zurückließ. Ich hatte keine Wahl, ich musste diese schreckliche Entscheidung treffen. Tuco folgte mir sogar als ich zum Institut SENA ging. Tuco zeigte mir immer die Mäuse, die sie gejagt hatte. Und jetzt kam diese Nachricht von meiner Großmutter: Tuco ist gestorben. Ich lag auf meinem Sofa. Ich weinte ohne Ende. Tuco ist tot. Mein Herz zerriss. Ich sagte still immer wieder ihren Namen: Tuco. Ich sah, wie ich mit Tuco auf der Dachterrasse unseres

Hauses in der Sonne lag und die Flugzeuge am Himmel beobachtete. Ich sah, wie ich mit Tuco durch die Parks in Socorro rannte. Meine Großmutter erzählte mir, dass Tuco einen Tumor im Magen hatte. In Kolumbien hatte man keine Achtung vor den Tieren, niemand kümmerte sich um Tuco. Ich weinte den ganzen Tag. Es war ein trauriger und schrecklicher Tag.

Ich fuhr mit Manfred zum Messegelände Berlin. In einer großen Messehalle hatte ich heute meine schriftliche Abschlussprüfung. Die praktische Abschlussprüfung hatte ich einige Tage zuvor. Ich zitterte wie ein Huhn als ich vor der großen Halle stand. Ich betete zu Gott, dass er mir bei der Prüfung helfen solle. Ich übte schon seit Monaten mit Manfred für diese Prüfung. Er hatte originale Prüfungen der IHK Berlin aus vergangenen Jahren gekauft. In der Halle standen hunderte von Stühlen und Tischen. Die Halle hatte keine Fenster und nackte Betonwände. Die Beleuchtung spendete ein wenig Licht. Manfred wünschte mir viel Erfolg. Er sagte, ich solle immer ruhig atmen und wenn ich etwas nicht genau wüsste, dann sollte ich zur nächsten Aufgabe gehen. Ich sollte niemals an einer Aufgabe hängenbleiben. Meine Hände waren eiskalt als ich in die Halle eintrat und mich auf meinem Platz setzte. Die Abschlussprüfung dauerte den ganzen Morgen.

Die Prüfung war vorbei. Ich ging raus. Ich hatte ein schlechtes Gefühl. Ich hatte ein Gefühl, dass ich die Abschlussprüfung nicht bestanden hatte. Ich rief Manfred an und weinte. Manfred beruhigte mich. Ich erzählte ihm, dass ich wie ein Weltmeister irgendetwas geschrieben hätte. Ich erzählte ihm, dass für mich die offenen Fragen sehr schwer waren. Ich verstand manchmal den

Text gar nicht. Ich sagte ihm, dass ich Kopfschmerzen habe und mich schlecht fühle. Die Abschlussprüfung war für mich der Horror. Ich war verzweifelt. Manfred sagte, dass wir abwarten müssten. Er sagte, dass die Prüfer meine Antworten immer zu meinen Gunsten auslegen würden. Er war zuversichtlich, dass ich bestanden hätte.

Ich nahm den Brief aus dem Briefkasten. IHK stand als Absender auf dem Brief. Das Urteil über mich ist gekommen. Ich versuchte zu lachen. Ich öffnete den Brief und holte ein Blatt heraus. Ich las: „Sie haben bestanden." Ich hatte die Abschlussprüfung bestanden. Ich war aber nicht die Beste, ich lachte. Ich las nochmals: „Sie haben bestanden". Ich dankte Gott. Ein großer Stein fiel mir vom Herzen. Ich fühlte so etwas, als ob die Seele zum Körper zurückkehrte. Ich war überglücklich. Ich hatte auf diesen großen Erfolg gehofft. Ich rief Manfred an. Er gratulierte mir vom ganzen Herzen. Wir trafen uns am Brandenburger Tor. Er hatte eine Flasche Champagner gekauft und ich trug den typischen amerikanischen Doktorhut mit goldener Kordel. Wir machten Fotos an meinem Brandenburger Tor. Wir tranken Champagner aus bunt leuchtenden Sektgläsern. Ich war Hotelfachfrau. Ich war stolz. Endlich. Das Leben zeigte sich in den letzten Wochen wie es war. Ich trauerte um Tuco und feierte meinen größten Erfolg in Deutschland.

Mein erfolgreicher Tag

Ich hatte neue Ideen und organisierte meine Hotelkarriere

Ich war nun Hotelfachfrau. Mein Ausbildungshotel bot mir eine Stelle als Floor Supervisor im Housekeeping an. Die Hausdame in meinem Ausbildungshotel mochte ich. Ich nahm jedoch die Stelle nicht an. Ich wollte andere Hotels kennenlernen. Ich erzählte Manfred, dass ich davon träumte, in einem 5-Sterne Hotel zu arbeiten. Ich sagte ihm, dass ich „ganz oben" sein wolle. Manfred glaubte mir das und lachte. Er sagte „ganz oben zu sein, das passt zu deinem Leben".

Wir schrieben viele Bewerbungen. Wir erinnerten uns an die Zeit als wir einen Ausbildungsplatz suchten. Ich hatte viele Vorstellungsgespräche, die ich schon gut führte. Ich war weder schüchtern noch hatte ich Angst. Ich sagte immer direkt, was ich mir vorstellte. Ich trat immer selbstbewusst auf und sprach ehrlich darüber, wie viel ich verdienen wollte. Meine direkte Art und mein ehrliches Auftreten waren erfolgreich. Innerhalb von zwei Wochen hatte ich meinen ersten Arbeitsvertrag. Ich wurde als Rezeptionistin in einem 3-Sterne Hotel eingestellt.

Ich ging mit Manfred auf dem Tauentzien und dem Kurfürstendamm bummeln. Ich hatte meinen ersten Lohn erhalten. Ich kaufte mir edles Parfüm, schöne Sportschuhe und eine schicke Armbanduhr. Manfred kaufte sich einen Milchkaffee. Die Sonne schien. Es war Sommer. Wir hatten viel Spaß an diesem Tag.

Ich arbeitete gerne in dem 3-Sterne Hotel. Einige meiner deutschen Kollegen waren freundlich. Andere Kollegen machten unfreundliche Bemerkungen. Ich lernte mit der Zeit die deutsche Arbeitsweise kennen, nicht zu viel zu tun. Ich bemerkte, dass meine serviceorientierte Art oft nicht erwünscht war. Ich hörte oft den Satz: „Das war nicht deine Aufgabe." In Kolumbien ist der Service, der Dienst am Kunden, wichtiger als alles andere. Wer unfreundlich war, wer keinen Service bot, der hatte es sehr schwer in Kolumbien. In Kolumbien wusste jeder Unternehmer, dass er seine Kunden bräuchte, um selbst ein gutes Leben zu führen. Während meiner Zeit in Deutschland hatte ich schon bemerkt, dass ich mich im Service zurückhalten musste, um nicht negativ aufzufallen. Der Satz: „Das war nicht deine Aufgabe", blieb mir in Erinnerung.

Es war nicht einfach, sich im Team zu integrieren. Ich bemerkte, dass die Deutschen sehr distanziert waren. Es dauerte lange, bis ich so einigermaßen zum Team gehörte und wir gemeinsam lachten. Ich bemerkte, dass ich nicht so viel direkte Fragen stellen durfte. Die Deutschen fragen mehr indirekt, wenn sie etwas erfahren wollen. Ein kultureller Unterschied. Ich passte mich an.

Ich wollte natürlich weiterkommen. Ich wollte mich entwickeln. Ich wollte auch in anderen Positionen im Hotel arbeiten. Ich wollte in einem 5-Sterne Hotel arbeiten. Manfred und ich schrieben wieder Bewerbungen. Wir waren schon Bewerbungs-Profis. Wir schrieben sehr kreative Bewerbungen. In unseren Bewerbungstexten gab es immer einen überraschenden Abschnitt für den Leser. Wir überraschten den Leser, indem wir etwas Ungewöhnliches von mir schrieben oder ein gewöhnliches Detail vom Hotel besonders hervorhoben. Meine Bewerbungen drückten immer aus, dass ich sehr gerne in der Hotellerie arbeitete. Ich mochte die internationale Atmosphäre.

Ich wurde Floor Supervisor in einem 5-Sterne Hotel. Ein Traum wurde wahr. Ich arbeite das erste Mal in einem 5-Sterne Hotel. Ich war richtig stolz. Ich sammelte Erfahrungen. Die Hausdame war sehr zufrieden mit mir. Mein Blick für Details und meine Art zu arbeiten, die ich in Kolumbien gelernt hatte, wurden anerkannt. Ich arbeitete in diesem Hotel sehr gerne. Nach einem Jahr bewarb ich mich bei dem bekanntesten Luxus-Hotel in Berlin.

Ich konnte es nicht glauben. Es war unglaublich. Ich las: „Wir freuen uns, dass wir Sie als Assistentin für unsere First Lady im Housekeeping ausgewählt haben. Sie haben uns überzeugt." Ich dachte sofort, ich sei ganz oben. Ich war die Assistentin der First Lady im bekanntesten Luxus-Hotel in Berlin. Ich, ein kleines Mädchen aus Socorro in Kolumbien. Ich war so glücklich. Ich musste viel arbeiten. Ich lernte auch viel. Meine Zeit in diesem Luxus-Hotel war für mich sehr wichtig.

Ich hatte bis jetzt wenig Freunde gefunden. Manfred war immer mein Ort der Ruhe. Wenn ich erschöpft war, wenn ich traurig war, wenn ich Hilfe brauchte, wenn ich keine Kraft mehr hatte, dann konnte ich nur mit Manfred über alles ehrlich sprechen. Manfred fand immer die Worte, um mich aufzumuntern. Ich unternahm viel mit Manfred am Abend oder an meinen freien Tagen. Wir fuhren manchmal kurz entschlossen nach Hamburg, um dort einen Tag zu verbringen.

Mir gelang es nicht, viele Freunde zu finden. Ich konnte es mir nicht erklären. Ich fühlte mich in meiner Wohnung manchmal einsam. Ich wusste auch, dass ich nicht immer Manfred mit meinen Problemen belasten konnte. Manfred hatte auch sein eigenes Leben. Manfred war ein sehr kreativer Mensch. Manfred hatte viele Hobbys. Manfred spielte Gitarre. Er liebte Musik, zu machen.

In Berlin lebten viele Menschen aus Südamerika. Ich beschloss, Freunde unter ihnen zu finden. Es gelang mir, einige kennenzulernen. Viele von ihnen waren verheiratet und hatten Kinder, sodass es oft schwierig war, sich am Abend oder am Wochenende mit ihnen zu treffen. Manfred sagte einmal zu mir, dass ich meine zwanzig Jahre in Kolumbien nicht in wenigen Jahren in Deutschland aufholen könnte. Er sagte, dass es schwierig sei Freunde zu finden. Freundschaften schließt man während der Schulzeit, bei Freizeitaktivitäten, in Vereinen oder manchmal sogar auf der Arbeit. Er sagte, dass das ein großes Problem sei. Ich hatte nicht nur Kolumbien verlassen, sondern meine ganzen sozialen Beziehungen. Er sagte, dass das viele Deutsche übersehen würden, wenn sie über die Einwanderer redeten. Sie ließen alle ihre sozialen Beziehungen in ihrer Heimat zurück.

Wir kauften uns gebrauchte Fahrräder. Manfred nannte sein rotes, schwarzes Fahrrad nach einer spanischen Heavy Metal Band. Manfred liebte diese Musik. Ich sagte ihm immer, das sei nicht meine Musik. Er lachte. Manfred zeigte mir auf unseren Fahrradtouren viele schöne Orte in Berlin. Mein Fahrrad war Pink.

Einkaufen gehen mochte ich am liebsten, obwohl ich nicht viel Geld hatte. In Deutschland gab es so viele schöne Geschäfte, in denen ich immer die Sachen anprobieren konnte. Manchmal machte Manfred ein Foto von mir mit den Kleidern, die ich anprobierte. Manchmal schenkte er mir auch spontan ein Kleidungsstück. Manchmal handelten wir die Prozente aus. Er 60 %, ich 40 % der Kosten.

Ich musste wieder meine Aufenthaltserlaubnis verlängern. Termine bei der Berliner Ausländerbehörde zu bekommen ist sehr schwierig und langwierig. Ich machte deshalb fast neun Monate vor Ablauf meiner Aufenthaltserlaubnis einen Termin zum Jahresende aus. Diese Aufenthaltserlaubnisse beunruhigten mich immer. Ich hatte immer Angst, dass ich irgendwann einmal Deutschland wieder verlassen müsste. Manfred beruhigte mich immer. Da ich in der Hotellerie arbeitete und eine deutsche Berufsausbildung hätte, würde ich immer eine Aufenthaltserlaubnis bekommen, sagte Manfred. Ich war trotzdem unruhig.

Eines Nachts lag ich wach im Bett und dachte über mein Leben nach. Das Leben in Deutschland war einerseits besser aber andererseits auch schlechter als das Leben in Kolumbien. Gut war, dass es keine Korruptionen gab, keine Bestechungen, keine große Gewalt. Gut war, dass ich eine richtige Krankenversicherung hatte, dass ich Lohn bekäme, auch wenn ich krank war. Gut war, ich konnte ohne Angst spazieren gehen. Gut war die Ordnung in Deutschland. Die Art zu Arbeiten gefiel mir nicht. Ich spürte, dass viele Deutsche ohne Freude arbeiteten. Sie arbeiteten nur so viel wie sie mussten. Mir gefiel auch nicht, dass ich nicht richtig in den Arbeitsgruppen aufgenommen wurde. Ich spürte oft, dass ich Ausländerin war. Aber gut. Was sollte ich nun machen? Ich wollte die deutsche Staatsbürgerschaft. Ich wollte Deutsche werden.

Ich erzählte Manfred, dass ich die deutsche Staatsbürgerschaft beantragen wolle. Er sagte kurz „Ok". Manfred informierte sich, welche Voraussetzungen ich erfüllen müsste, um Deutsche zu werden. Ein paar Tage später trafen wir uns. Manfred sagte, dass ich es schaffen könnte, Deutsche zu werden. Er sagte, dass die Einbürgerungsbehörde meine deutsche Berufsausbildung mit einem deutschen Sprachniveau verbindet, das höher sei als das geforderte Niveau B1. Nach meiner Berufsausbildung ging ich sofort Arbeiten, sodass ich keine Ausfallzeiten hätte. Ich war rentenversichert. Ich konnte mein Leben in Deutschland bezahlen und hatte eine Wohnung. Manfred sagte, ich könne Deutsche werden. Das klang sehr gut. Wir lachten. „Aber", sagte Manfred, „du müsstest wenigstens sechs Jahre in Deutschland sein, dann könnte dich die Einbürgerungsbehörde aufgrund von besonderen Integrationsleistungen einbürgern". Ich fragte ihn, was sind besondere Integrationsleistungen. Manfred erklärte mir, dass meine deutsche Berufsausbildung und das damit verbundene höhere Sprachniveau und mein Freiwilliges Soziales Jahr besondere Integrationsleistungen waren. Es wäre demnach möglich, dass ich in einem Jahr Deutsche sein würde. Wir stellten meinen Antrag auf Einbürgerung. Jetzt wartete ich.

Ich hörte im Luxus-Hotel auf zu arbeiten. Ich wollte etwas anderes in der Hotellerie machen. Ich nahm in einem anderen 5-Sterne Hotel die Stelle eines Commis de rang an. Ich arbeitete nun im Hotelrestaurant.

Die Tätigkeiten in der Hotellerie gefielen mir. Ich arbeitete gerne für die Gäste. Manchmal machte ich wohl zu viel in den Augen der anderen Mitarbeiter. Da hörte ich wieder, dass das nicht meine Aufgabe sei. Ich bemerkte auch, dass manche Mitarbeiter wollten, dass ich gehen sollte. Den Grund lernte ich nie kennen. Die Arbeitsatmosphäre war manchmal bedrückend. Ich verstand diese Einstellung zur Arbeit nie. Sie war für mich unerklärlich. Die Tätigkeiten in der Hotellerie sind körperlich sehr anstrengend. Ich verstand deshalb nie, warum einige Mitarbeiter eine schlechte Stimmung während der Arbeit verbreiteten, sodass zur körperlichen Belastung auch noch eine psychische Belastung hinzukam.

In diesen Momenten dachte ich immer an meine Arbeit im Fast-Food-Restaurant in Bogotá. Die Arbeit war dort auch sehr schwer. Wir arbeiteten in Kolumbien länger als acht Stunden am Tag. Wir waren aber fröhlich und zufrieden. Wir kamen alle aus armen Familien. Wir wussten, dass wir uns während der Arbeit gegenseitig unterstützen mussten, sonst wären wir körperlich kaputt gegangen. Viele junge Frauen hatte schon Kinder, sie mussten Geld verdienen, um ihre Familien zu ernähren. In Kolumbien trug jeder sein eigenes Risiko. Wenn jemand keine Arbeit hatte, dann hatte er kein Geld. Wenn jemand Urlaub machte, dann bekam er keinen Lohn. Viele konnten sich nur eine günstige Krankenversicherung leisten, die kaum etwas bezahlte, wenn sie krank waren. Dieses Lebensrisiko fehlt in Deutschland. Irgendwann dachte ich, dass dieses fehlende Lebensrisiko zu dieser Arbeitseinstellung in Deutschland führte. Die Deutschen kannten nicht die Probleme, die Schwierigkeiten und die Ängste, die kolumbianische Familien hatten, wenn sie kein Geld verdienten. Es war furchtbar, wenn jemand Zahnschmerzen hatte aber nicht zum Arzt gehen konnte. Wenn die Miete fällig war und das Geld reichte nicht. Die Angst, die Wohnung zu verlieren. Armut, Gewalt, Bestechung, Korruption, Kriminalität, Respektlosigkeit vor dem Leben, Willkür, Kampf ums Überleben. Das war für viele der Alltag in Kolumbien. Deshalb wollte ich als junges Mädchen weg von diesem Land, obwohl ich es liebte. Deshalb träumte ich auf dem Dach meines Hauses in Socorro von einem Leben am anderen Ufer des Atlantiks. Ein Leben in Europa. Ein Leben in Deutschland. Ich dachte oft daran, den Mitarbeitern im Hotel das Leben in Kolumbien zu erklären. Vielleicht wäre das hilfreich, damit sie verstünden, wie gut sie es hier in Deutschland hätten, damit sie fröhlich zur Arbeit gingen und sich bei der Arbeit gegenseitig unterstützten. Wie wir in Kolumbien. Ich tat es aber nicht.

Die Einbürgerungsbehörde informierte mich, dass sie meinen Antrag erhalten hatten und meine Unterlagen vollständig seien. Sie würden sich melden, wenn sie über meinen Antrag entschieden hätten. Sie baten um Geduld.

Manfred kam heute mit einer Idee zu mir. Ich könnte ein Fernstudium machen, um Hotelbetriebswirtin zu werden. Ich könnte so leichter in höheren Positionen im Hotel arbeiten oder sogar in anderen Wirtschaftsbereichen. Ich könnte mehr Geld verdienen. Manfred sagte lachend, ich solle an meine Rente denken. Ich überlegte. Ich war nicht der Mensch, der stundenlang über Bücher sitzt und studiert. Dennoch spürte ich, dass Manfred recht hatte. Ich bin jung. Was ist, wenn ich eines Tages wirklich etwas anderes machen möchte? In unserem Lieblings-Café sagte ich zu Manfred, dass ich das Fernstudium machen würde.

Das Fernstudium war sehr schwer. Manfred half mir. Er fasste die einzelnen Themen zusammen. Er erklärte mir viel. Manfred konnte sehr gut und sehr verständlich erklären. Die wirtschaftliche Fachsprache war sehr schwer für mich. Manfred lachte oft und sagte, er lerne jetzt Wirtschaftsspanisch. Ich sagte zu Manfred, wenn er so weiter alles für mich aufbereiten und zusammenfassen würde, dann könne er doch für mich zur Prüfung gehen. Wir lachten beide Tränen.

Ich studierte und lernte. Ich war aber auch nach meiner Arbeit körperlich kaputt und erschöpft. Mir verließen die Kräfte. Manfred versuchte mich immer zu motivieren. Ich merkte, dass alles zu viel wurde. Ich war dennoch sehr motiviert, das Fernstudium zu schaffen. Ich hoffte, ich könne die Prüfungen bestehen. Als Hotelbetriebswirtin könnte ich mich verbessern, eine andere Arbeit finden. Im Büro arbeiten, Entscheidungen treffen. Diese Gedanken motivierten mich immer. Ich hatte oft Kopfschmerzen. Manfred merkte, dass ich schwer belastet war. Er spürte meine Erschöpfung. Wir machten weiter und weiter. Es kam der Tag der Prüfung.

Ich hatte nicht bestanden. Ich war traurig. Ich war sehr traurig. Manfred sagte, das sei nicht so schlimm. Ich hatte ein sehr gutes Zertifikat erhalten, weil ich immer alle Online-Prüfungen während des Studiums sehr gut bestanden hatte. Meine drei schriftlichen Studienarbeiten, die ich einreichen musste, wurden alle mit der Note 1 bewertet. Zu Hause konnte ich mir beim Schreiben Zeit lassen. Ich war nicht unter Druck. Ich konnte im Wörterbuch nachsehen. Das Studieren zu Hause war anders als die Prüfungssituation. Es sollte nicht sein. Ein paar Tage später erinnerte ich mich an Manfreds Worte: „Du hast ein sehr gutes Zertifikat erhalten". Ja, das hatte ich. Ich war froh darüber.

Ich wollte Deutsche werden

Ich öffnete den Brief von der Ausländerbehörde, den ich in meinem Briefkasten fand. Ich hatte vor ein paar Monaten mit der Ausländerbehörde einen Termin zur Verlängerung meiner Aufenthaltserlaubnis vereinbart. Ich war etwas aufgeregt. Ich war immer etwas unruhig, wenn mir die Ausländerbehörde etwas schrieb. Ich lachte über mich und dachte, dass ich eine Psychomacke hätte.

„Scheiße", rief ich als ich las, dass mein Termin nicht möglich sei, weil er auf einen Feiertag fiele. Die Ausländerbehörde entschuldigte sich für diesen Fehler. Sie schrieb, dass ich erst ab Dezember einen neuen Termin vereinbaren könne. Ich rief sofort bei der Ausländerbehörde an, um mit einem Sachbearbeiter über meinen Aufenthalt zu sprechen. Keiner ging ans Telefon. Ich war wütend. Ich wollte nicht, dass durch eine fehlende Aufenthaltserlaubnis meine Einbürgerung ins Stocken gerät. Ich antwortete auf die E-Mail. Ich bekam wieder die Antwort, dass ich online einen Termin ab Dezember vereinbaren könne. Ich war sehr verärgert, dass ich die Folgen der falschen Terminvergabe tragen sollte.

Ich beruhigte mich und sortierte meine Gedanken. Mir kam eine Idee. Ich würde morgen um 3 Uhr morgens zur Ausländerbehörde fahren und vor dem Gebäude warten. Ich wusste, dass das viele Ausländer in Berlin so machen, um eine Wartenummer für diesen Tag zu bekommen. Die Ausländer rannten dann beim Öffnen der Behörde ins Gebäude, um eine Wartenummer zu ziehen. So wollte ich es auch machen.

Ich rief Manfred an. Ich erzählte ihm alles. Ich weinte vor Wut, vor Angst, vor Enttäuschung. Ich fühlte mich so als ob ich alles verlieren würde. Ein schreckliches Gefühl. Manfred blieb ruhig. Er hörte sich alles an. Er blieb eine Weile still. Ich kannte Manfred, wenn er so war, dann war er auch sehr wütend. Er sagte mir, dass er mich morgen um 3 Uhr morgens zur Ausländerbehörde begleiten würde. Er sagte, dass wir mit den Sachbearbeitern reden und dass es bestimmt eine Lösung gäbe.

Manfred besuchte mich nach seiner Arbeit. Wir stellten alle wichtigen Dokumente für die Verlängerung der Aufenthaltserlaubnis zusammen. Manfred konnte das Chaos der Ausländerbehörde nicht glauben. Ein Irrsinn, wie er sagte. Er sagte immer wieder, dass er das alles nicht für möglich hielte. Ich, die einen unbefristeten Arbeitsvertrag hatte, die ein Freiwilliges Soziales Jahr gemacht hatte, die in ihren Arbeitszeugnissen sehr gute Beurteilungen hatte, die eine deutsche Berufsausbildung hatte, müsste nach Manfreds Meinung niemals um eine Aufenthaltserlaubnis kämpfen. Manfred sagte immer wieder, was für ein Irrsinn.

Wir kamen um 3 Uhr morgens bei der Ausländerbehörde an. Einige Ausländer waren schon vor uns da. Das Warten ging los. Wir standen vor der großen Gittertür. Ich sagte zu Manfred: „Wenn sie um 7 Uhr öffnen, dann rennen wir wie verrückt zum hinteren Gebäudeeingang, rennen in den zweiten Stock und ziehen eine Wartenummer". Es wurde 7 Uhr. Wir rannten los. Alle rannten los, als ob es einen Startschuss gab. Ich schrie: „Ich habe eine Nummer!" Manfred sagte: „Super!" Wir setzten uns in den Wartesaal. Nach fünf Stunden erschien meine Wartenummer auf der Anzeigetafel. Ich musste allein ins Sprechzimmer. Die Sachbearbeiterin verbot Manfred den Zutritt, weil er mit mir nicht verwandt sei.

Ich erklärte der Sachbearbeiterin, dass ich meine Aufenthaltserlaubnis verlängern müsse und dass ich schon einen Termin hatte, der aber leider auf einen Feiertag fiel. Ich erklärte, dass die Ausländerbehörde diesen Fehler erst jetzt bemerkt hätte. Ich sagte der Sachbearbeiterin, dass ich einen Termin innerhalb der nächsten zwei Wochen haben möchte. Sie sah meine Dokumente durch und holte sich meine Ausländerakte. Nach einiger Zeit sagte sie, dass meine Dokumente alle in Ordnung seien. Sie sähe kein Problem für die Verlängerung meiner Aufenthaltserlaubnis. Ich musste ein Formular ausfüllen. Sie nahm das Formular und sagte, dass sie die Verlängerung jetzt nicht machen könne. Sie müsse diesen Vorgang an eine andere Kollegin weitergeben. Sie sagte, ich solle mir keine Sorgen machen, die Verlängerung würde aufgrund des Terminfehlers kurzfristig erfolgen. Sie sagte, dass ich eine E-Mail erhalten würde, wenn ich meine neue Aufenthaltserlaubnis abholen könne. Ich war erleichtert und umarmte Manfred. Ich sagte: „Gott sei Dank."

Nach drei Wochen erhielt ich einen Brief von der Ausländerbehörde. Ich las den Brief. Ich verstand kein Wort. Ich verstand nur, dass dieser Brief nichts über die Verlängerung meiner Aufenthaltserlaubnis sagte. Ich machte ein Foto von diesem Brief. Ich war sehr aufgeregt. Ich konnte mir nicht erklären, aus welchem Grund ich einen solchen Brief von der Ausländerbehörde erhalten hatte. Ich schickte Manfred das Foto.

Manfred war mehr als wütend. Der Brief sagte, dass meine Aufenthaltserlaubnis nicht verlängert würde, weil ich die Antragsfrist für die Verlängerung nicht eingehalten hätte. Manfred konnte das Chaos der Ausländerbehörde nicht fassen. Manfred sagte, dass das alles falsch sei, was im Brief stand. Der Brief sagte nichts über die falsche Terminvergabe und nichts darüber, dass ich bereits bei einer Sachbearbeiterin meine Verlängerung vor drei Wochen beantragt hatte. Manfred sagte, dass ihm das Verhalten der Ausländerbehörde so vorkäme, als ob sie auf diese Art und Weise die Zahl der Ausländer in Berlin verringern wollten. Ich weinte. Meine Augen waren schon rot vor Weinen. Ich konnte nicht sprechen. Ich war am Boden zerstört. Ich sagte weinend, dass Deutschland mir alles wegnehmen wolle. Manfred nahm mich in seine Arme.

Manfred sagte, dass wir mit einem Anwalt über das Verhalten der Ausländerbehörde reden sollten. Ein Anwalt kann diesen Vorgang aufhalten. Wir hätten dann Zeit, gemeinsam mit dem Anwalt zu überlegen, was wir machen könnten. Ich war völlig durcheinander. Ich dachte nie, dass ich jemals in eine solche Situation kommen könnte. Ich hatte immer Arbeit, ich hatte immer Geld verdient, ich brauchte nie staatliche Hilfe. Ich war sprachlos. Manfred war auch sprachlos.

Wir saßen im Wartezimmer eines Anwalts. Seine Sekretärin begleitete uns in sein Büro. Er begrüßte uns und bat mich, mein Problem zu schildern. Er schaute sich danach meine Dokumente an, die ich bei mir hatte. Manfred und ich hatten schon Übung im Zusammenstellen von Dokumenten. Der Anwalt erklärte mir, dass er das Vorgehen der Ausländerbehörde nicht nachvollziehen kann. Es gäbe keine rechtliche Grundlage für dieses Vorgehen. Ich solle mir keine Sorgen machen. Er würde einen entsprechenden Brief an die Ausländerbehörde schicken und

Einsicht in meine Ausländerakte nehmen. Ich bezahlte ihm sein Honorar. Ich war nach dem Gespräch mit dem Anwalt etwas ruhiger geworden.

Es gab leider keinen Fortschritt in der Auseinandersetzung mit der Ausländerbehörde. Sie beharrte auf ihre Sichtweise. Nach einigen Wochen sagte ich zu Manfred, dass wir einen anderen Anwalt bräuchten, um voranzukommen. Ich hatte kein Vertrauen mehr in die Arbeit dieses Anwalts. Ich hatte das Gefühl, dass mir die Zeit wegrennen würde. Ich fürchtete um meine Einbürgerung. Ich sprach mit Manfred darüber. Er stimmte mir zu. Ich hätte Recht, sagte er. Wir suchten nach einem anderen Anwalt für Ausländerrecht.

Wir saßen im Wartezimmer einer Anwältin. Nach wenigen Minuten bat sie uns in ihr Büro. Ich sprach über mein Problem und über meine Einbürgerung. Die Anwältin schaute sich meine Dokumente an und sie las die Briefe des anderen Anwalts. Das Vorgehen der Ausländerbehörde war auch für die Anwältin unverständlich. Sie sagte mir, dass ich mir keine Sorgen machen müsste und dass meine Aufenthaltsgenehmigung noch gültig wäre.

Die Anwältin schrieb einen sehr guten Brief an die Ausländerbehörde, in der sie ausführlich alle rechtlichen Tatsachen und meinen bisherigen beruflichen Weg in Deutschland aufzeigte. Es dauerte einige Wochen, bis die Ausländerbehörde antwortete. Die Ausländerbehörde beharrte weiter auf ihren Standpunkt. Sie bemerkte, dass ich jederzeit eine gerichtliche Klärung wahrnehmen könnte. Manfred und ich waren vollkommen verzweifelt. Ich konnte manchmal gar nicht schlafen.

Ich las die E-Mail: „Sie haben die Voraussetzungen zur Einbürgerung erfüllt." Ich las den Satz noch einmal und dann nochmal. Ich konnte es nicht glauben. Ich bekam zwei Tage später einen Brief von der Einbürgerungsbehörde, in dem mein Termin zur Einbürgerung stand. Die Einbürgerungsbehörde forderte mich auf nun meine kolumbianische Staatsbürgerschaft abzugeben. Dies müsse ich tun, weil Kolumbien ihre Staatsbürger aus der kolumbianischen Staatsbürgerschaft entlasse. Eine doppelte Staatsbürgerschaft käme deshalb für mich nicht in Frage. Ich war überglücklich. Ich werde Deutsche. Ich rief gleich Manfred an. Er freute sich sehr über diese schöne Nachricht.

Ich informierte die Anwältin über den Einbürgerungstermin. Ich wollte wissen, ob es Schwierigkeiten mit der Ausländerbehörde geben könnte. Die Anwältin sagte mir, dass es keine Schwierigkeiten gäbe, weil ich immer noch im Besitz einer gültigen Aufenthaltsgenehmigung bin. Die Anwältin gratulierte mir, zu meiner bevorstehenden Einbürgerung. Die Anwältin riet mir, so schnell wie möglich meine kolumbianische Staatsbürgerschaft abzugeben.

Ich vereinbarte einen Termin mit der kolumbianischen Botschaft. Ich ließ die Einbürgerungszusicherung ins Spanische übersetzen und ließ die Übersetzung gerichtlich beglaubigen. Manfred begleitete mich zur Botschaft. Ich stellte den Antrag auf Entlassung aus der kolumbianischen Staatsbürgerschaft. Ich gab meinen kolumbianischen Pass und meine Cédula ab. Der Personalausweis heißt in Kolumbien Cédula. Als ich mit Manfred die kolumbianische Botschaft verließ war ich staatenlos. Keine Kolumbianerin und keine Deutsche. Ein seltsames Gefühl.

Wir fuhren zu einem Übersetzungsbüro, um die Entlassungsurkunde aus der kolumbianischen Staatsbürgerschaft ins Deutsche übersetzen zu lassen. Ich brauchte diese Übersetzung für die Einbürgerungsbehörde. Ich musste diese Übersetzung noch vom Amtsgericht Mitte beglaubigen lassen. Die beglaubigte Übersetzung musste ich am Tag meiner Einbürgerung der Einbürgerungsbehörde geben.

Noch vier Tage, dann bin ich Deutsche. Ich hatte keinen Pass mehr. Ich konnte auch nicht mehr meinen Aufenthaltstitel zeigen, weil er im kolumbianischen Pass eingetragen wurde. Berlin hatte keine Plastikkarte mehr für die Aufenthaltstitel, sodass die Ausländerbehörde meinen Aufenthaltstitel in meinen Pass druckte. Ich hoffte in diesen vier Tagen, dass nichts mit mir passieren würde. Ich war es gewöhnt, Risiken im Leben einzugehen. Ich hatte immer eine Kopie der Einbürgerungszusicherung bei mir.

Es kam der größte und der schönste Tag meines Lebens. Der Tag der Einbürgerung. Es war Mitte August. Es schien die Sonne. Ich ging noch zur Arbeit an diesem Tag. Ich hatte mit meiner Vorgesetzten vereinbart, dass ich mittags für zwei Stunden meinen Arbeitsplatz verlassen konnte. Ich sagte ihr, dass ich einen Termin beim Arzt hätte. Ich wollte noch nichts über meine Einbürgerung sagen. Ich wollte meine Kollegen überraschen.

Manfred wartete schon vor der Einbürgerungsbehörde. Er umarmte mich. Wir kauften noch eine kleine Sofortbildkamera in einem Fotogeschäft, in dem ich noch meine biometrischen Passfotos für den deutschen Personalausweis machen ließ. Die Passfotos für den deutschen Pass hatte ich schon damals bei der Antragstellung zur deutschen Staatsbürgerschaft abgegeben.

Wir gingen hinein ins Rathaus und warteten auf dem Flur vor dem Amtszimmer der Einbürgerungsbehörde.

Die Sachbearbeiterin bat uns ins Amtszimmer. Das Amtszimmer sah sehr gewöhnlich aus. Wir nahmen an einem kleinen Tisch Platz. Die Sachbearbeiterin gratulierte mir zur deutschen Staatsbürgerschaft. Ich gab ihr die Entlassungsurkunde aus der kolumbianischen Staatsbürgerschaft und die Passfotos. Sie prüfte die Entlassungsurkunde. Wir standen alle auf und sie überreichte mir den deutschen Pass und die Einbürgerungsurkunde. Ich war so glücklich.

Ich war jetzt Deutsche. Mein größter Traum ging in Erfüllung.

Ich fragte die Sachbearbeiterin, ob ich die Einbürgerung der Ausländerbehörde melden müsste. Sie sagte nein. Sie erklärte mir, dass die Einbürgerungsbehörde die Ausländerbehörde informiere und dass die Zuständigkeit der Ausländerbehörde am heutigen Tag endete. Ich war jetzt innerlich ruhig. Ich verabschiedete mich höflich von der Sachbearbeiterin und dankte ihr für ihre Arbeit. Sie lächelte und wünschte mir alles Gute für meine Zukunft in Deutschland. Ich hörte immer noch ihre Worte: „Die Zuständigkeit der Ausländerbehörde endet am heutigen Tag." Das war ein schöner Satz, den ich nie vergessen werde. Manfred machte Fotos mit der Sofortbildkamera von mir und meinem Pass.

Ich dankte Gott, dass nun meine Ängste, die Auseinandersetzung mit der Ausländerbehörde, die ewigen Verlängerungen des Aufenthaltstitels, die Nachfragen bei der Agentur für Arbeit bei einem Arbeitsplatzwechsel, die vielen schlaflosen Nächte vorbei waren. All dies hatte mich beinahe seelisch umgebracht. Manfred umarmte mich. Er gratulierte mir zu meinem größten Erfolg. Er sagte, dass ich darauf stolz sein sollte, dass ich aufgrund meiner eigenen Leistungen und meiner Arbeit in Deutschland eingebürgert wurde. Manfred sagte, dass dies nicht viele Ausländer schafften. Manfred sagte, dass die Einbürgerung die Krone für unsere gemeinsame Arbeit über die vielen Jahre wäre. Manfred war stolz auf mich. Seine Augen glänzten vor Freude. Ich spürte, dass Manfred glücklich war. Wir hatten unser großes Ziel erreicht. Nachdem wir kurz etwas gegessen hatten und auf meine Einbürgerung angestoßen hatten, ging ich wieder ins Hotel. Ich zeigte meinen deutschen Pass. Meine Kollegen gratulierten mir und klatschten. Ich werde diesen Tag im August nie in meinem Leben vergessen.

Am Abend schrieb ich einen Brief an den Bundespräsidenten. Ich schrieb ihm, dass ich mich bedanken möchte für die Möglichkeiten, die ich in Deutschland hatte und haben werde. Ich erhielt nach drei Monaten einen Brief vom Bundespräsidenten. Er gratulierte mir und schrieb, dass meine Bemühungen belohnt wurden, und er wünschte mir weiterhin einen erfolgreichen Weg in Deutschland. Es lag eine Postkarte vom Bundespräsidenten dem Brief bei, die er selbst unterschrieben hatte. Ich freute mich sehr über seine Antwort.

Bevor ich einschlief, dachte ich noch an Manfred. Ich wusste, dass Manfred jetzt auch glücklich war. Wir hatten unser großes, gemeinsames Ziel erreicht. Ich dachte an alles, was Manfred für mich getan hatte. Noch nie hatte ein Mensch so viel für mich getan. Manfred war ein besonderer Mensch, der immer in meinem Herzen bleiben wird – egal was ich in meiner Zukunft tun würde. Manfred war großartig. Manfred ging mit mir meinen Weg.

Manfred hatte eine Party für mich und für meine Freunde für das Wochenende nach meiner Einbürgerung organisiert. Er hatte einen originalen, amerikanischen, gelben Schulbus gebucht mit Musik und Buffet. Er gab mir für alle meine Freunde Eintrittskarten, die er selbst gestaltet hatte. Die Eintrittskarten sahen sehr gut aus. Seitdem ich in Berlin wohnte, hatte ich schon einige Freundschaften geschlossen. Ich lernte sie im Goethe-Institut, in Sprachkursen und in der Berufsschule kennen. Die Party war großartig. Wir hatten sehr viel Spaß. Ich war begeistert. Es war die schönste und verrückteste Party, die ich in Deutschland feierte.

Ich wohnte mit Tuco und lernte meinen Freund kennen

Ich war nun eine deutsche Staatsbürgerin. Alles schien sehr gut zu sein. Dennoch konnte ich diese Nacht nicht schlafen. Ich weinte, ohne aufzuhören, als ob ich einen Nervenzusammenbruch hätte. Ich nahm mein Handy und rief Manfred an. Ich hoffte, dass er noch wach war. Ich wusste, dass Manfred jede Nacht lange E-Gitarre spielte. Er hatte sich letztes Jahr eine E-Gitarre gekauft und seitdem übt er wie ein Verrückter. Er konnte schon gut spielen. Er erzählte mir, dass er so viel übt, weil die Lieder seiner Heavy Metal Lieblingsband nachspielen wolle. Ich wusste, dass es ihm gelingen würde. Wenn Manfred ein Ziel hatte, dann würde er es auch erreichen. Ich war mir sicher.

Manfred meldete sich tatsächlich. Er meldete sich immer mit: „Wer stört?" Ich war erleichtert. Ich erzählte ihm, dass ich mich manchmal sehr einsam fühlte. Ich sagte ihm, dass ich manchmal nicht mehr wüsste, wie ich mich motivieren könnte. Ich sagte ihm, dass ich nicht mehr wüsste, ob alles richtig war, wie ich es gemacht hatte. Manfred antwortete, dass er gleich zu mir fahren würde.

Manfred kam und klingelte. Ich machte ihm auf. Ich sah schrecklich aus. Manfred lachte. Ich auch. Er machte mir einen Tee mit Zucker, lüftete die Wohnung und setzte sich auf meinem Sofa. Er sagte zu mir, dass mein großer Kindheitstraum in Erfüllung gegangen war. Ich lebte in Deutschland als Deutsche. Er sagte, dass ich in kurzer Zeit sehr viel erreicht hätte. Ich erzählte ihm, dass ich mir Sorgen um meine Mutter machte. Er wusste, dass sie krank war. Er stimmte mir zu, dass das eine sehr belastende Situation sei, weil ich von Deutschland nicht viel machen könnte. Ich hatte die Idee, dass ich meiner Mutter monatlich 100 Euro schicken würde, damit sie bessere Medikamente und bessere Ärzte bekäme. Manfred sagte, das wäre eine wunderbare Idee. Er sagte auch, dass ich mir das leisten könnte. Ich wurde wieder etwas fröhlicher. Manfred sagte lachend, dass ich eines Tages einen charmanten Prinzen treffen würde, der für mich alles machen würde, sodass ich wie eine Königin leben könnte. Manfred sagte immer etwas, um mich aufzumuntern.

Ich sagte zu ihm ein Prinz müsste es gar nicht sein. Eine Katze wäre besser für mich. Ich dachte wieder an Tuco und mein Herz wurde schwer. „Könnte ich eine Katze haben?", fragte ich Manfred. „Natürlich ist das möglich, aber ich glaube deine Wohnung ist zu klein." Wir schmiedeten in dieser Nacht einen neuen Plan, so wie wir das immer gemacht hatten. Unser Plan war, eine größere Wohnung und eine Katze finden. Meine Katze würde wieder Tuco heißen und sie würde wieder schwarz sein. Ich trank noch einen Baldriantee und Manfred verabschiedete sich. Manfred sagte mir, dass ich von meiner Katze träumen solle.

Manfred fuhr mit mir nach Nürnberg, damit ich wieder an etwas anderes denken konnte. Wir blieben in Nürnberg zwei Tage. Ich kannte schon Nürnberg. Ich hatte mit Manfred einmal den Nürnberger Weihnachtsmarkt besucht. Jetzt sah ich Nürnberg im Sommer. Wir tranken Kaffee und aßen Lebkuchen bei herrlichem Sonnenschein. Nürnberg sah im Sonnenlicht ganz anders aus.

Die Reise tat mir gut. Ich machte viele Fotos. Ich hatte immer noch die Idee mit einem Fotobuch meine ersten Jahre in Deutschland festzuhalten.

Als wir wieder in Berlin waren, begann unsere Wohnungssuche. Ich durchsuchte das Internet nach Wohnungsangeboten. Ich schickte Manfred viele Links. Manfred konnte ausgezeichnet organisieren. Manfred war wie ein Manager für mich. Manfred unterstützte mich wie mich noch niemand in meinem Leben unterstützt hatte. Manfred war unglaublich.

Wir hatten es geschafft. Ich sah mir eine Wohnung in der Nähe eines großen Parks an. Wenn ich diese Wohnung mieten könnte, dann könnte ich im Sommer mit dem Fahrrad zum Hotel fahren. Ich überlegte auch, wenn ich das Hotel einmal wechseln würde, dann wohnte ich im Zentrum von Berlin, in dem es die bedeutendsten Hotels in Berlin gab. Die Wohnung war in der obersten Etage. Sie hatte einen kleinen Balkon. Meine Wohnung in Spandau hatte keinen Balkon. Ich könnte auf dem Balkon die Sonne genießen, die mir oft fehlte.

Wir waren nicht die einzigen, die sich die Wohnung ansahen. Manfred hatte ein unglaubliches Talent mit Personen zu sprechen. Er brachte die Dame von der Hausverwaltung sogar zum Lachen. Da wir alle erforderlichen Dokumente dabeihatten, bat uns die Dame, ihr die Dokumente zu geben. Sie gab uns einen Bewerbungsbogen, den wir ausfüllten. Die Dame kannte auch mein Hotel, in dem ich arbeitete. Sie verabschiedete sich von uns mit einem Lächeln. Manfred sagte, das wäre ein gutes Zeichen.

Ich bekam einen Anruf. Ich hatte an diesem Tag frei, sodass ich den Anruf annehmen konnte. Es war die Dame von der Hausverwaltung. Ich war so glücklich. Ich hatte die Wohnung. Eine Wohnung in dieser schönen Gegend. Ich rief sofort Manfred an. „Sehr gut, jetzt haben wir Arbeit", sagte Manfred. Er meinte den Umzug.

Ich räumte meine Wohnung in Spandau auf. Ich warf einige Sachen weg. Manfred hatte ein sehr gutes Umzugsunternehmen für meinen Umzug beauftragt. Ich kannte keine Umzugsunternehmen. In Kolumbien zieht man in möblierte Wohnungen. Ich war neugierig auf diesen Umzug. Das Umzugsunternehmen gab uns viele Kartons, in denen ich nun meinen kleinen Haushalt einpackte. „Mein Gott habe ich viele Sachen", sprach ich zu mir selbst.

Ich putzte die neue Wohnung. Sie war vollkommen leer. Ich kaufte mit Manfred einen Kühlschrank, einen Gasherd, eine Küchenspüle. Ich kaufte ein Bett, einen Schrank, Lampen, einen Nachttisch. Wir kauften sogar einen größeren Flachbildschirm. Die Möbel mussten zusammengebaut werden. Wie damals als ich in die Wohnung in Spandau einzog. Manfred war sehr erfahren im Zusammenbau dieser Möbel. Ich bewunderte sein Talent. Ich half auch etwas. Wir hatten viel Spaß beim Möbelbau.

Es kam der Umzug. Alles war vorbereitet. Die Männer vom Umzugsunternehmen arbeiteten sehr gut und sehr schnell. Ich wollte erst, dass Manfred einen kleinen Lastwagen mietete und wir den Umzug allein machten. Jetzt sah ich, was Manfred meinte, als er sagte, dass er keine Umzüge mehr allein machen würde. Er sagte, dass er in seinen jungen Jahren solche Umzüge mit seinen Freunden oft gemacht hatte. Er würde so etwas nicht mehr machen. Als ich sah, wie die Männer arbeiteten, verstand ich Manfred. Wir beide hätten meinen Umzug niemals so schnell und so gut machen können.

Ich war so stolz als meine neue Wohnung am Abend eingerichtet war. Sie war herrlich. Sie war mein kleines Schloss. Ich hängte Bilder an die Wände, stellte kleine Dinge auf meinem Nachtisch. Ich hatte sogar Pflanzen. Ich setzte mich auf meinem Sofa, atmete tief durch und genoss meine neue Wohnung. Manfred saß an meinen großen Wohnzimmertisch und trank einen Kaffee.

Ich ging zur Arbeit. Ich war so froh, dass ich nicht mehr Bus und U-Bahn fahren musste, um zur Arbeit zu kommen. Ich konnte länger schlafen. Ich fühlte mich besser. Ich fuhr an meinen freien Tagen mit meinem pinkfarbenen Fahrrad durch den Park und zu meinem Brandenburger Tor. Mein Brandenburger Tor war mein Glücksmagnet. Alles war so schön. Ich genoss meine neue Wohnung und meine neue Wohngegend.

Ich war mit meinem Fahrrad unterwegs als ich eine schwarze Katze sah. Plötzlich sah ich Tuco, meine Katze in Kolumbien. Ich blieb stehen. Ich spürte einen Schmerz in meinem Herzen. Ich erinnerte mich an die schöne Zeit mit Tuco. Tuco war immer bei mir. Als ich zu Hause war, setzte ich mich auf meinen Balkon und schaute in die Abendsonne. Die Ruhe tat mir gut. Ich dachte an Tuco. Ich dachte, dass es für mich gut wäre, wieder eine Katze wie Tuco zu haben. Am nächsten Tag sprach ich mit Manfred über Tuco. Er sagte auch, dass eine Katze für mich gut sein würde, weil ich mich um die Katze kümmern müsste. Er glaubte, dass mir die Pflege und die Sorge um ein Tier fehlen würde. Manfred hatte Recht. Eine Katze wäre wie ein Baby für mich.

Ich suchte im Internet nach Katzen. Ich fand eine Familie, die etwas außerhalb von Berlin wohnte, die ein zwei Monate altes schwarzes Kätzchen verkaufte. Ich rief die Familie an, ob ich das Kätzchen kaufen könne. Sie sagten ja. Ich verabredete mich mit Manfred. Er holte mich mit seinem Auto ab und wir fuhren los. Das Kätzchen war sehr klein, sehr dünn mit süßen Augen. Als das Kätzchen mich ansah war ich sofort verliebt in das Kätzchen. Wir kauften das Kätzchen.

Ich kaufte in einem Tierfachgeschäft alles, was ein kleines Kätzchen brauchte: eine Decke, Spielzeug, ein Fläschchen für die Katzenmilch, eine Toilette, Katzenstreu. Ich taufte mein kleines, schwarzes Kätzchen auf den Namen Tuco. Ich hatte ein paar Tage frei genommen, um bei Tuco zu bleiben. Tuco sollte sich an ihr neues Zuhause und an mich gewöhnen. Ich war sehr glücklich. Manfred bemerkte das auch. Meine Augen strahlten. Ich gab Tuco jeden Tag Katzenmilch zu trinken, weil sie noch so klein war. Tuco trank aus einem Fläschchen. Tuco war sehr zierlich. Manfred kümmerte sich auch um Tuco. Er erzählte mir, dass er in seiner Jugendzeit einen schwarzen Kater hatte. Er hieß Felix. Manfred gab Tuco das Fläschchen, wenn ich auf Arbeit war. Ich wollte, dass Tuco nicht lange allein war in meiner Wohnung.

Tuco hatte Durchfall. Es war Mitternacht. Ich hörte ihr miauen. Ich hatte Angst um Tuco. Ich rief früh am Morgen Manfred an. Wir fuhren mit Tuco zum Tierarzt. Einem Tierarzt, den Manfred kannte. Es war ein sehr guter Tierarzt. Ich hatte Tränen in den Augen als der Tierarzt Tuco untersuchte. Der Tierarzt fragte, woher ich die Katze hätte. Ich sagte, dass ich sie von einer Familie gekauft hatte. Er sagte, dass Tuco mit dem Darm ein Problem hätte. Er gab ihr eine Spritze, er verschrieb Medikamente. Er sagte, dass Tuco viel zu wenig wiege. Tuco müsse gut ernährt werden. Bald ging es Tuco besser. Meine Angst um Tuco nahm ab. Ich trug Tuco oft in einem Handtuch durch meine Wohnung. Wir gingen nach einer Woche zur Kontrolluntersuchung zum Tierarzt. Tuco hatte etwas zugenommen. Tuco fühlte sich wieder gut. Sie spielte wieder. Tuco folgte mir immer von Zimmer zu Zimmer. Ich war glücklich mit Tuco. Ich ging jetzt immer einmal im Monat zum Tierarzt mit ihr. Ich wollte, dass sie gesund bliebe.

Plötzlich geschah etwas Furchtbares. Tuco verletzte sich am linken Hinterlauf nach einem Hochsprung. Sie konnte nicht mehr mit dem Hinterlauf auftreten. Ich wartete auf Manfred. Wir fuhren zum Tierarzt. Er röntgte den Hinterlauf. Tuco hatte eine Stauchung. Der Tierarzt fixierte den Hinterlauf mit einer Binde und salbte ihn ein. Er sagte, ich solle täglich die Salbe erneuern und die Binde anlegen. Ich traute meinen Augen nicht. Tuco entfernte die Binde mit ihren kleinen Zähnen. Ich merkte, dass eine Binde nicht hilft. Ich klebte deshalb die Binde immer Leukoplast fest. Es dauerte sehr lange, bis Tuco wieder gesund war.

Tuco hatte Würmer im Kot. Ich erschrak als ich die Würmer sah. Oh, Gott. Ich muss zum Tierarzt, Tuco helfen. Tuco mein kleines Baby war so krank. Der Tierarzt kannte schon Tuco. Er hatte den Namen Tuco noch nie gehört. Tuco bekam eine Entwurmungspaste, die sie einnehmen musste. Die Würmer waren bald weg. Bei der nächsten Kontrolluntersuchung impfte der Tierarzt Tuco gegen einige Katzenkrankheiten. Tuco bekam ein Impfbuch. Ich war froh, dass es in Deutschland Tierärzte gab. In Kolumbien wurde kaum etwas für ein krankes Tier unternommen. Mir gefiel, dass in Deutschland die Tiere geachtet wurden.

Tuco war in meinem Herzen. Tuco war mein Glück. Tuco entwickelte sich sehr gut. Wir feierten ihren ersten Geburtstag. Tuco begrüßte mich immer, wenn ich nach Hause kam. Ich spielte mit ihr. Ich redete mit ihr. Ich gab ihr Katzenmilch. Der Tierarzt empfahl für Tuco eine besondere Ernährung. Ein Trockenfutter, das Magen und Darm schonte. Später suchte ich mit Manfred nach einem Feuchtfutter, das sehr natürlich war. Wir fanden in einer Tierhandlung tatsächlich ein sehr natürliches Feuchtfutter. Tuco liebte dieses Futter. Sie aß vor allem Atlantikthunfisch, Pazifikthunfisch und Thunfisch mit Mais. Ich gab ihr lange Katzenmilch zu trinken, obwohl sie auch Wasser trank. Tuco machte mich glücklich. Ich fühlte mich wieder gut. Tuco bedeutete mir sehr viel. Wenn ich mit Manfred zusammen war, erzählte ich ihm immer viel über Tuco. Er erzählte manchmal etwas über Felix seinen schwarzen Kater. Er sagte, dass ich eine gute Katzenmama wäre.

Tuco, meine Katze

Ich fuhr heute mit der U-Bahn zur Tierhandlung, um Futter für Tuco zu kaufen. Ein junger Mann saß mir gegenüber. Er fragte mich plötzlich, ob ich aus Südamerika käme. Er sah freundlich aus. Ich merkte, dass er etwas schüchtern war. Er stellte sich vor. Ich wusste zunächst nicht, warum er das tat. Ich sagte einfach: „Ja." Ich unterhielt mich mit ihm. Ich blieb aber vorsichtig. Er erzählte mir, dass er studierte. Ich antwortete ihm, dass ich auch einmal Bauingenieurin werden wollte. Ich sagte ihm, dass ich gut in Mathematik war. Ich fand den jungen Mann freundlich und lustig. Er gab mir seine Handynummer als er ausstieg.

Nach zwei Wochen erinnerte ich mich an Adrian, so hieß der junge Mann, der mich in der U-Bahn ansprach. Ich schrieb ihm eine Nachricht in WhatsApp. Adrian antworte nur mit „Hallo". Ich ergriff die Initiative und schrieb ihm, ob wir uns treffen könnten. Wir verabredeten uns. Ich informierte Manfred, dass ich mich mit Adrian treffen würde. Ich hatte ihm vom Gespräch in der U-Bahn erzählt. Ich wollte, dass Manfred wusste, wo ich war, falls etwas passierte. Ich ging mit Adrian asiatisch Essen. Wir sprachen über Hobbys und Freizeitaktivitäten. Ich fühlte mich wie ein Fisch im Wasser. Ich kontrollierte das Gespräch, weil ich keine Angst hatte mit Männern zu sprechen. Adrian sprach viel über technische Dinge, die mich nicht interessierten. Wir lachten. Wir schrieben uns immer öfter. Adrian rief mich manchmal an. Es begann eine Freundschaft zwischen uns beiden. Wir trafen uns immer öfter. Ich lud Adrian zu mir nach Hause ein. Ich wollte ihm Tuco zeigen. Ich wollte sehen, wie er sich gegenüber Tuco verhält. Tuco war mein Glück. Ein Freund der Tuco nicht liebte wäre für mich undenkbar. Adrian war lieb zu Tuco. Tuco näherte sich ihm etwas. Sie blieb aber bei mir. Adrian kochte an diesem Abend für mich. Er kochte sehr gut. Das gefiel mir. Ich stellte Adrian Manfred vor. Manfred fand es gut, dass ich einen Freund hatte. Manfred sagte, dass es wichtig sei, dass ich Freundschaften schlösse. Er sagte auch, dass ich meine Ziele nicht aus den Augen verlieren sollte. Er sagte: „Sei immer erfolgreich! Erfolge von anderen nützen dir nichts. Bleib immer unabhängig." Ich mochte Adrian. Adrian stellte mich seinen Freunden vor. Adrian brachte Tuco Spielzeug mit. Wenn er konnte, kümmerte er sich auch um Tuco, wenn ich im Hotel arbeitete. Unsere Beziehung entwickelte sich langsam. War Adrian der charmante Prinz, von dem Manfred einmal sprach?

Die Autorin

Elaine Steinhof wurde 1987 in Kolumbien geboren. Sie machte Abitur, ein Studium sollte ihr allerdings verwehrt bleiben. Elaine lernte früh, für ihr Leben hart zu arbeiten. Nach einer Marketingausbildung lebte und arbeitete sie in Bogotá. Die Autorin erlernte die deutsche Sprache für ihren Traum, auszuwandern. Als Au-pair kam sie nach Deutschland, betreute behinderte Kinder in einem Freiwilligen Sozialen Jahr, wurde Hotelfachfrau und begann mit der Niederschrift ihrer Lebensgeschichte. Geschickt hat sie alle Herausforderungen, die sich ihr in den Weg stellten, gemeistert und ihre Freude am Leben dabei nie verloren.

novum VERLAG FÜR NEUAUTOREN

Der Verlag

„ *Wer aufhört*
besser zu werden,
hat aufgehört
gut zu sein!

Basierend auf diesem Motto ist es dem novum Verlag ein Anliegen, neue Manuskripte aufzuspüren, zu veröffentlichen und deren Autoren langfristig zu fördern. Mittlerweile gilt der 1997 gegründete und mehrfach prämierte Verlag als Spezialist für Neuautoren in Deutschland, Österreich und der Schweiz.

Für jedes neue Manuskript wird innerhalb weniger Wochen eine kostenfreie, unverbindliche Lektorats-Prüfung erstellt.

Weitere Informationen zum Verlag und
seinen Büchern finden Sie im Internet unter:

w w w . n o v u m v e r l a g . c o m